JEAN GENET

HELIOGÁBALO

Peça em quatro atos

ERCOLANO

TÍTULO ORIGINAL *Héliogabale: Drame en quatre actes*
© Éditions Gallimard, Paris, 2024
Venda proibida em Portugal

Esta publicação segue as normas do Acordo Ortográfico da Língua Portuguesa, Decreto nº 6.583, de 29 de setembro de 2008.

ESTABELECIMENTO DO TEXTO ORIGINAL
François Rouget

TRADUÇÃO
Régis Mikail
Renato Forin Jr.

EDIÇÃO
Mariana Delfini

PREPARAÇÃO
Clara Baldrati

REVISÃO
Bárbara Waida

DESIGN
Tereza Bettinardi

PRODUÇÃO GRÁFICA
Lilia Góes

CRÉDITO DA IMAGEM
manuscrito, p. 25: Ms Fr 351, Harvard Theatre Collection, Houghton Library, Harvard University.

Todos os direitos reservados à Ercolano Editora Ltda. © 2025. A reprodução não autorizada desta publicação, no todo ou em parte, e em quaisquer meios impressos ou digitais, constitui violação de direitos autorais (Lei nº 9.610/98).

DIREÇÃO GERAL E EDITORIAL
Régis Mikail
Roberto Borges

DIREÇÃO DE COMUNICAÇÃO E MARKETING
Roberto Borges

COORDENAÇÃO EDITORIAL
Mariana Delfini

COORDENAÇÃO DE DESIGN
Tereza Bettinardi

COORDENAÇÃO COMERCIAL E DE EVENTOS
Mari Abreu

ASSISTÊNCIA ADMINISTRATIVA
Láiany Oliveira

ASSISTÊNCIA EDITORIAL E DE COMUNICAÇÃO
Victória Pimentel

PROJETO GRÁFICO
Estúdio Margem

REDES SOCIAIS
VICA Comunicação

DESIGN DE COMUNICAÇÃO
Chris Costa

ASSESSORIA DE IMPRENSA
Kulturális

CONSULTORIA FINANCEIRA
Daniela Senador

SITE
Agência Dígiti

AGRADECIMENTOS

Caetano Vilela, José Rubens Siqueira (*in memoriam*), Julio Vann, Stefano Sampietro, Verônica Veloso, Zilmara Pimentel.

SUMÁRIO

PREFÁCIO

HELIOGÁBALO, UM "DEUS DO TEATRO" ATORMENTADO PELO MARTÍRIO

FRANÇOIS ROUGET*

---

* Professor do departamento de Estudos Franceses da Queen's University, no Canadá. É responsável pelo estabelecimento do texto de *Héliogabale* a partir do manuscrito de Jean Genet.

SITUAÇÕES

Enquanto estava detido na prisão de Fresnes, desde 15 de abril de 1942, Jean Genet (1910-1986) escreveu o poema *O condenado à morte*, empenhou-se na redação do romance *Nossa Senhora das Flores* e deu início à criação de uma série de peças de teatro, que inclui a primeira versão de *Haute Surveillance* [Alta vigilância], ainda intitulada *Pour "la Belle"* [Para "a Bela"], e outras três que permaneceram inéditas: *Persée* [Perseu], *Héliogabale* [Heliogábalo] e *Journée castillane* [Dia castelhano]. A segunda delas, considerada perdida, foi encontrada nas coleções patrimoniais da Biblioteca Houghton (Universidade de Harvard) e editada neste volume.

Ao longo de sua vida, Jean Genet teve vários problemas com a Justiça. Foi preso e acusado de pequenos furtos com frequência. Entre 1938 e 1941, foi encarcerado oito vezes e passou quase setecentos dias na prisão.[1] Em 14 de abril de 1942, foi detido pelo roubo de livros da livraria Stock e, no dia seguinte, preso em La Santé. Enquanto aguardava julgamento — foi condenado a oito meses de prisão em 11 de maio —, permaneceu em La Santé, até ser transferido para a penitenciária de Fresnes.[2] Lá, escreveu suas primeiras obras, que publicou após ser solto, no outono de 1942. Com base no testemunho do próprio Genet, seus biógrafos e críticos são unânimes em considerar que esses anos de cárcere coincidiram com seu período de criação mais fecundo.

Mesmo antes de ser solto, em 15 de outubro, Genet deu andamento à publicação de *O condenado à morte*, que foi impresso por conta própria e circulou de forma clandestina. A essa altura, o autor havia escrito uma série de obras, entre elas *Héliogabale*,[3] para as quais tentou encontrar um editor. O amigo

François Sentein* registrou em seu diário, em 11 de fevereiro de 1943, que Genet lhe havia confiado a peça.[4] Mas foi o cineasta Jean Cocteau, fervoroso admirador de *Le Condamné à mort*, que o levou a assinar, em 1º de março, um contrato com seu secretário Paul Morihien, no qual estava prevista a publicação de três romances, um poema e cinco peças de teatro. Além de *Héliogabale*, figuram nesse grupo *Journée castillane*, *Persée*, *Pour "la Belle"* e *Les Guerriers nus* [Os guerreiros nus].[5] Por vezes a existência de algumas delas chegou a ser contestada,[6] mas a de *Héliogabale* foi confirmada por testemunhos de François Sentein, Jean Cocteau e Marc Barbezat,[7] o primeiro editor de Genet. Jean Marais,** por sua vez, tinha ouvido falar da peça e, quando o papel-título lhe foi oferecido, não manifestou grande entusiasmo.[8] Genet decidiu retocar o texto durante uma estada em Villefranche, em maio de 1943. No entanto, apesar das medidas que tomou, *Héliogabale* permaneceu em forma de manuscrito, e seu autor encarregou François Sentein de buscar a peça na casa de Jean Cocteau em 22 de outubro de 1943.[9] Muito apegado a ela, Genet nunca abandonou a ideia de publicá-la ou de levá-la ao palco. No verão de 1948, as Éditions Nagel anunciaram no *Carrefour* que a peça seria publicada no outono, informação que seria retomada

---

* Escritor francês (1920-2010). Entusiasta da *Action française* e da obra de seu fundador, Charles Maurras, foi próximo de escritores como Jean Cocteau e Jean Genet, para o qual fez a revisão de *Nossa Senhora das Flores*. (N. E.)

** Ator de cinema e teatro, bem como diretor, artista e escritor francês (1913-1998). Foi amante de Jean Cocteau (1889-1963), que dirigiu em 1946 o filme *A Bela e a Fera*, no qual Marais foi imortalizado no papel da Fera. (N. E.)

pelo semanário *Samedi-Soir* em janeiro de 1949.[10] Já em 1955, Genet aparentemente teve "alguns aborrecimentos por ter oferecido *Héliogabale* a várias editoras".[11] Independentemente do que possa ter sido dito, nunca lhe ocorreu se desfazer de uma obra cujos poder e magia ele reconhecia.

UM TEATRO DO ABJETO

O tema de *Heliogábalo* é a evocação das últimas horas de uma pessoa condenada à morte, ou melhor, de um imperador romano cujo destino funesto está selado. Jean Genet escolheu narrar livremente o complô contra Varius Heliogábalo, que resultou em sua destituição do poder em 11 de março de 222.[12] O episódio histórico tinha todos os elementos que seduziam o jovem escritor. Retratava um sírio que se tornara imperador graças aos esquemas políticos da avó, Julia Maesa, da dinastia dos Severos, interessada em restaurá-la no trono romano. Quando morreu o sobrinho de Julia Maesa, o Imperador Caracalla, em 8 de abril de 217, e o usurpador Macrino assumiu o poder, ela interferiu nos assuntos públicos para que fosse reconhecido o sucessor legítimo de Caracalla — Varius, filho de sua filha Julia Soaemias, nascido em 204 e o último dos Antoninos. Em 218, após a Batalha de Antióquia, na qual Varius presenciou a derrota das tropas de Macrino e seu subsequente assassinato, ele ganhou o apoio de seus correligionários, subindo ao trono de Roma. Seu reinado foi marcado por inúmeros escândalos, crimes e abusos, que despertaram a cólera de sua família e a inquietação popular. Não obstante as tentativas de reduzir o poder do Imperador — quando este foi obrigado a dividir o governo com seu primo Alexandre, filho de Julia Mamaea — e, depois, as manobras para assassiná-lo, o governo do Império parecia cair na anarquia. O assassinato violento de Varius Heliogábalo e de sua

mãe, em 11 de março de 222, incitado por uma revolta dos pretorianos, pôs fim a quatro anos de reinado, marcados por enfraquecimento das instituições e discórdia familiar.

Hoje podemos compreender por que Genet foi seduzido por esse episódio da história. Encontrou nele um exemplo de transgressão, de luta fratricida pelo poder e de abjeção moral. Do relato transmitido pelas crônicas antigas, Genet extrai a tragédia humana de um imperador ilegítimo: as mulheres usaram-no para satisfazer sua própria sede de poder, alçando-o contra sua vontade ao topo do Império. *Heliogábalo* é um convite para o leitor descobrir uma peça moderna, porém composta à maneira clássica, que associa intimamente as duas molas propulsoras do teatro: o jogo político e o conflito de paixões. Diante de um homem que detém o poder mas faz de tudo para destruí-lo, Genet apresenta uma família que planeja restabelecer a ordem. Assim, ele questiona a legitimidade desse poder, duramente conquistado por meio das intrigas de parentes ambiciosos que trabalham nos bastidores com o objetivo de perpetuar a própria influência, ainda que isso signifique livrar-se de Heliogábalo e substituí-lo por uma criança. Portanto, a avó e a tia vão operar secretamente e, sob o pretexto de dar fim à conduta desregrada do Imperador, conseguirão impor ao povo romano a presença de seu primo, que reinará sob o nome de Severo Alexandre a partir de 222.

Em um cenário de anarquia política, Genet apresenta um líder decidido a deixar de sê-lo. Varius Heliogábalo é um personagem à margem da sociedade. Quando a cortina se levanta, a sorte está lançada — ele está destinado a morrer de "morte abjeta" — e ele tem de ir até o fim em seu comportamento, determinado que está a virar a ordem política do avesso e subverter todos os valores morais. Seu objetivo

é simples: inverter a ordem do mundo e, com essa empreitada, desbancar os ídolos. O "anarquista coroado" (como diz Antonin Artaud)[13] culpa as ilusões humanas e revela os interesses pessoais que estão por trás dos atos políticos. "Garotos como eu só sabem promover a anarquia", confidencia Varius (p. 119). Rejeitando todas as convenções, ele desafia o próprio princípio de autoridade e escolhe libertar-se das restrições. Chega ao ponto de desafiar a divindade que garante a sacralidade de seu poder para alcançar sua porção de humanidade.

Apesar de toda a monstruosidade de Heliogábalo, ele também representa a condição humana. Se pratica a autodestruição ("Tendo se identificado com o Império, ele destrói o Império. [...] Não parece que ele está se consumindo tanto quanto um cristão?", p. 43), é porque planeja tornar-se outro homem ("ficarei sozinho, com minha humanidade", p. 45). O Imperador quer expulsar os ídolos do paganismo.[14] Seus atos, repreensíveis do ponto de vista da lei, são ditados por uma busca pessoal pela fé. Ele é um rei que quer se tornar homem, e Genet multiplica os signos de sua nova "religião" (às vezes interpretados como uma tentação ao cristianismo, proibido e combatido por Roma),[15] que se revelam em seu comportamento e em suas declarações. Tendo escolhido deliberadamente o gozo do mal, revoltado contra a ordem dominante e a ponto de dividir o Império para distribuí-lo ao povo, Heliogábalo constitui uma ameaça para seus familiares: "É capaz de os cristãos o tornarem santo. [...] Santo Heliogábalo!" (p. 37). De fato, ao longo da peça inteira o Imperador dá sinais de sua metamorfose em santo; é movido por um desejo de morte, de decomposição física, mas também de uma conversão que tenta fazer seu companheiro de vício, o cocheiro Aeginus,[16] adotar. Tudo na atitude de Heliogábalo — sua vestimenta (uma camisola de lã), a escolha da

humilhação, os sacrilégios, a renegação de seus entes queridos e a renúncia ao mundo — faz dele um ser em busca de santidade, que deve passar pela experiência da humanidade ou do martírio ("Você não passa de uma coroa de espinhos", chama-lhe a atenção Aeginus, p. 67). O fato de sua aniquilação ocorrer nas latrinas é mais uma prova disso, um fim abjeto cujos sinais premonitórios eram as imagens de esterco[17] e saliva.[18]

Em Heliogábalo, deus solar em busca de "libertação", o sonho de santidade anda lado a lado com a humanidade mais crua. Paradoxal, ele cultiva as contradições. Homossexual declarado, ele corteja as mulheres. Governante supremo, dotado de plenos poderes, ele procura a companhia de prostitutas e criminosos nos bairros mal-afamados de Roma. Reina no Palácio, está acima do Senado e do exército e se comporta como um plebeu. Sua conduta desregrada choca a todos, e isso o deixa embevecido. Seus disfarces "[de] marginal, [de] cafetão, [de] prostituta" (p. 49) e suas encenações levam-no a apagar sua presença em prol de um controle maior. Seus crimes são motivados por um desejo de beleza, e a abjeção é uma forma de estar no mundo e abalar a ordem moral.

O leitor familiarizado com a obra de Jean Genet reconhecerá os elementos estruturantes de seu imaginário com seus temas prediletos: segredo, conspiração, violência, covardia, traição, zombaria etc. A atmosfera quase carcerária do Palácio e, em seguida, a dos aposentos dos empregados, onde Heliogábalo há de perecer nas mãos de seu carrasco, o peso da história familiar, a tensão própria dos personagens, prontos para brigar com o intuito de experimentar o prazer do crime e a beleza do mal ("a violência está muito perto da beleza", p. 118): são todos elementos próprios do teatro que Genet estabelece em *Pour "la Belle"* e desenvolve, paralelamente, em *O condenado à morte* e no ciclo romanesco.

Pode ser tentador identificar o personagem Heliogábalo com Genet e associar a tragédia do Imperador à história pessoal do escritor. Como sempre fez em suas demais obras, Genet provavelmente incluiu muito de si na peça.[19] Inclusive, não faltam semelhanças nas situações: assim como seu personagem, Genet foi órfão de pai, homossexual em busca de glória e martírio, criminoso revoltado, mas também vítima, tendo cultivado paradoxos e intrigado o público. Mas a analogia não vai adiante, e não é necessário apontar os perigos que uma leitura psicanalítica ou marxista representaria para o sentido da obra. A abordagem mais pertinente é a que consiste em estudar como Genet concebe sua peça no exato momento em que a apresenta (o teatro dentro do teatro). *Heliogábalo* é rica em apartes, aqueles comentários que o autor faz sobre a própria peça e que, por hábito, designam-se pelo termo *metadiscurso*. A morte do herói é anunciada desde o início. Mas, à grandiosidade clássica, à seriedade da história, Genet associa elementos disfóricos que denunciam o artifício de sua teatralidade. É uma comédia que ele encena diante de nossos olhos. Logo ao entrar, a avó anuncia: "Vamos acabar com esse teatro" (p. 41). Um teatro de mentiras, no qual os personagens se fantasiam e usam máscaras, no qual um tenta envenenar o outro e no qual o herói é "um deus do teatro" (p. 52)[20] que se esforça para levantar o véu dos segredos e do que está reprimido, das intenções ocultas ou enganosas.[21] Em suma, o cenário de *Heliogábalo* "é forjado como um teatro" (p. 103). Nessa apropriação da peça por seu dramaturgo, somos tentados a ver as diversas facetas do personagem reunidas, "Santo Genet, ator e mártir" ao mesmo tempo.[22]

Ao começar a leitura de *Heliogábalo*, entra-se diretamente na imaginação de Genet. O leitor se vê absorvido em um universo que lhe parece familiar, com os temas paradoxais de Genet, seus personagens atormentados, uma voz que, por si só, transfigura o real em poesia. A novidade de *Heliogábalo* é transpor a história para um drama humano e fictício, que tem por princípio erigir a estética enquanto moral. Somos sobretudo sensíveis "à osmose do poético e do teatral, de um imaginário flutuante e de uma ação cênica".[23] A poesia está presente na linguagem de *Heliogábalo*, nos voos líricos de suas longas réplicas e, antes de tudo, no preciosismo de certos vocábulos e das construções sintáticas, que marcam um desvio em relação à linguagem moderna.[24] Encontramos, ademais, o emprego de metáforas, que às vezes conferem ao discurso a aparência de prosa poética.[25] O efeito de ruptura induzido por essas figuras de estilo envolve a ação em uma aura de mistério. O espectador é imerso em um sonho, à imagem de Heliogábalo ("Eu sou um sonho. Nos tempos vindouros, serei explicado como se explica um sonho", p. 45), na qual a problemática da estabilidade ontológica está dada desde o início. "Ele não sabe quem é", confidencia a avó ao general (p. 48). Esse sonho, que ele tenta compartilhar com Aeginus, se revelará uma mera ilusão e se tornará um pesadelo. Ele traduz uma ansiedade profunda do personagem, que se estende à atmosfera de *Heliogábalo* e de *Pour "la Belle"*, bem como à de todas as peças que Genet escreveu.[26] Apesar das intenções de agir que os personagens têm, eles não conseguem passar ao ato propriamente dito, pôr em prática o desejo de matar o outro. Somente Aeginus, depois de muito hesitar, acaba degolando seu amante. No entanto, o espectador espera a cada instante que o

crime aconteça. O fantástico, espaço situado entre sonho e realidade, o mantém em um estado de máxima tensão. Ele descobre os sonhos de assassinato (são três, no total) e o desejo que Heliogábalo tem de se elevar, sentido na dança giratória. A busca pela libertação, empreendida por todos os personagens, assume sua forma mais completa em Heliogábalo, cuja existência — pontuada por metamorfoses — é movida por um impulso quase místico. Seu desejo de "glória celestial" ou de santidade deve levá-lo "ao céu pelo caminho do pecado".[27]

Essa jornada ontológica ocorre em um drama cuja história foi selada pelo destino. Heliogábalo desempenhará um papel trágico, assim como Caracalla. O tempo, o lugar, os elementos do cenário, carregados de ameaça, e a revelação misteriosa do áugure preparam o público para um drama que se vai se desdobrar em quatro atos.[28] Jean Genet, leitor do repertório clássico, elabora cuidadosamente sua peça, na qual a ação se desenrola de maneira linear em uma série de revelações e reveses (inversões dramáticas), desde a exposição, o nó e seu desfecho. Entretanto, a estruturação em quatro atos (caso único no teatro de Genet) também convida a uma distribuição dramática diferente, logo, a uma leitura diferente. A divisão dos personagens no palco se dá de forma desigual de um ato para o outro. Genet opta, antes, por uma composição em sobreposições que permita emparelhar, de um lado, os oponentes de Heliogábalo (atos I e III) e, de outro, o casal formado por Heliogábalo e seu amante (atos II e IV). Ele também se utiliza de justaposições, ao fazer com que se sucedam cenas dos conspiradores (I e II) — assim, a trama do assassinato se repete sob duas perspectivas — e cenas de sua dissolução, que marcam o fim político (III) e a morte física do Imperador (IV). Por fim, é digna de nota a presença

cada vez maior de Heliogábalo ao longo da peça, desde o primeiro ato (do qual está ausente) até o último, dominado pela onipresença de sua "voz", que só será silenciada pelo gesto assassino de Aeginus.

Entre a espera febril do augúrio e a chegada brutal dos soldados, que vieram capturar o Imperador nos aposentos dos empregados onde ele se escondera, transcorrem provavelmente vinte e quatro horas ou menos, período que corresponde à unidade de tempo exigida pelo teatro clássico. O espaço é igualmente bem-organizado. O cenário onde se passa o drama é o Palatino, com o templo (local da espera) e depois o Palácio (local da ação), espaços simbólicos de poder espiritual e temporal. A transição de um local para o outro sugere principalmente o processo de declínio de Heliogábalo, o qual termina seus dias da maneira mais infame, no espaço exíguo reservado à criadagem, ao lado das latrinas, assassinado por seu cocheiro. No entanto, Genet abre mão de descrever com riqueza de detalhes o fim atroz e o ataque da multidão ao cadáver, episódio sobre o qual se debruça a *História Augusta*.[29]

Como encenador, Genet organiza o espaço cênico da peça para enfatizar o declínio de seu personagem central: "O palco", ele explica, "será bem reduzido, não possuindo mais que 3 m × 3 m" (p. 31). Em outras palavras, uma cela de prisão, como a que estava prevista em *Pour "la Belle"*.[30] A esse elemento carcerário, o dramaturgo acrescenta cenários que evocam o assombro e o grotesco. O palco inteiro é inundado por uma atmosfera de solenidade sufocante e lembra a imagem da hemoglobina. O templo é decorado com colunas vermelhas, estátuas monstruosas, como se fosse acolher um ritual que profetiza o fim sangrento. O mesmo cenário pode ser encontrado nos aposentos de Heliogábalo, onde a cor vermelho-tijolo contrasta com o preto do aerólito fálico,

representando o deus ao qual ele serve, Elagabal. Até no Salão Setentrional, onde deveria ocorrer a morte acidental do Imperador, as colunas vermelhas associam intimamente os sinais de seu destino trágico com o seu desejo de fuga. Mas essa grandeza imperial é frágil: ela se evidencia pelas pequenas maquinações, pela covardia dos personagens e pela presença de elementos contraditórios que ridicularizam a tragédia. Por exemplo, o Salão Setentrional, onde a corte está reunida, não ocultaria uma laje que supostamente vai enviar o corpo de Heliogábalo ao esgoto? Porém, a Fortuna vai jogar com os conspiradores e nenhum deles ganhará nada com isso. Genet também zomba dos personagens (que compara à família real inglesa e à de Napoleão), com suas pretensões e ilusões. Gosta de inverter os códigos reivindicados por eles e transgredi-los, como faz seu protagonista Heliogábalo, cuja camisola de lã preta contrasta com o traje suntuoso do cocheiro.

O dramaturgo cultiva em sua peça o gosto pela excentricidade e pela estranheza. Tem prazer em intrigar o público criando uma atmosfera densa, destinada a despertar angústia. Do começo ao fim do drama, chove em Roma, e Genet insiste nesse ponto. Essa chuva incessante tem valor premonitório, pois anuncia um dilúvio prestes a desabar sobre a dinastia Antonina,[31] cuja existência se resume à seca ("É um drama seco", p. 32). A seca afunda a ação nas trevas da humanidade, tendo como chagas o aerolito calcinado e o pretume da camisola e das vestes de seda usadas pela família imperial. O contraste de cores (o vermelho do sangue e o preto do crime), o jogo entre a luz (o Sol) e as trevas, a relação entre o úmido e o seco e a dialética da voz e do eco, do grito e do silêncio, combinam-se para produzir uma tragédia cujo desfecho é mantido em suspenso pelo capricho das circunstâncias. Nesse teatro de ruptura,

Genet encontra um tom singular, em uma mistura de seriedade e humor, e imagina personagens complexos e marcados pela loucura, condenados a se desafiar e se odiar.[32]

LEITURAS CRUZADAS?

Ladrão de livros, reincidente e condenado pela Justiça, Jean Genet também foi — antes de qualquer coisa! — leitor. A escolha desse tema demonstra que ele se inspirou na história romana, recorrendo a uma variedade de fontes livrescas. A crítica se indagou sobre as circunstâncias que levaram Genet a escolher a figura de Heliogábalo. Supunha-se que ele havia se libertado do tema da prisão, predominante em sua obra entre 1942 e 1947. Na verdade, vimos que não é o caso; o jovem escritor estava experimentando a escrita dramática ao diversificar seu repertório, estendendo-o a temas mitológicos e literários (Perseu, Dom Juan). Esse desenvolvimento nos convida a precisar a origem da redação de *Heliogábalo*, o que é possível rastrear na biografia do escritor e no conteúdo de suas leituras tanto do repertório clássico quanto de obras mais contemporâneas.

O convívio com artistas parisienses durante a Ocupação alemã e o encontro com Jean Marais, que havia dirigido *Britannicus*, de Jean Racine, no Théâtre des Bouffes Parisiens, em 1941, podem ter inspirado Genet a escrever uma peça grega cujo tema seria o fim de um tirano. Pouco se sabe da dimensão de seu conhecimento sobre a cultura da Antiguidade e se ele havia refletido sobre as lições dos trágicos gregos, embora sua obra contenha reminiscências ou ecos do teatro de Sófocles, em particular. Por outro lado, sabemos que Genet apreciava o repertório francês e tinha apreço especial pelas peças de Racine.[33] Além de *Britannicus* (1669), na qual predomina a presença de Nero, Genet

descobriu *La Thébaïde* [A Tebaida] (1664), cuja trama principal — a rivalidade entre dois irmãos inimigos — ecoava o tema de *Heliogábalo*.

Essa lenda mítica era uma reserva inesgotável de inspiração para os dramaturgos modernos. O tema político das disputas entre dinastias e do tiranicídio estava em voga no início dos anos 1940, quando a França foi dividida pela metade por uma linha de demarcação e ocupada pelo exército alemão. Como sabemos, os períodos de crise institucional (como as Guerras Religiosas e a Fronda*) costumam ser propícios para ensaios dramáticos que questionam as fraturas da história. Enquanto Genet escrevia *Heliogábalo*, seus contemporâneos continuavam a criar peças mítico-históricas. Em 1922, Jean Cocteau já havia apresentado *Antígona*, seguida de *Orfeu* (1926), *Œdipus rex* (1927) e *Édipo rei*, dez anos mais tarde. O "arcaizante" Jean Giraudoux tinha criado *Amphitryon 38* (1929), *La Guerre de Troie n'aura pas lieu* [A Guerra de Troia não acontecerá] (1935) e *Electra* (1937). Durante a Ocupação, a nova geração também se sentiu tentada a escrever dramas antigos: Jean-Paul Sartre, com *As moscas* (1943), Jean Anouilh, com *Antígona* (1944), e Albert Camus, com *Calígula* (1944-1945).

No entanto, parece claro que foi a leitura direta do ensaio *Heliogábalo ou o anarquista coroado*, de Antonin Artaud, que conferiu ao personagem de

* As Guerras Religiosas se referem a oito guerras civis que aconteceram entre católicos e protestantes na França no século XVI. A Fronda foram intensas revoltas promovidas por diferentes segmentos da sociedade francesa no século XVII contra a recrudescência da autoridade monárquica. O fracasso em limitar o poder do rei teve como reação o absolutismo de Luís XIV. (N. T.)

Genet suas principais características: hermafrodita, adorador de Elagabal, um imperador que destrói o poder para alcançar a santidade. Uma primeira leitura comparativa das duas obras revela a inegável influência que Artaud exerceu sobre Genet. No entanto, ao passo que Artaud dá asas à sua imaginação ao pintar o retrato de um anarquista sírio perdido na cidade romana, Genet o faz encarnar e agir de acordo com as paixões e os vícios que lhe são atribuídos. Se Artaud relembra os fatos da história, sobre os quais tinha acumulado uma documentação impressionante, Genet, por sua vez, inventa sua própria lenda. Ele se atém aos últimos momentos do herói trágico e, tal como seu modelo inspirador, faz dele um sectário do Sol à procura de libertação, um homem iluminado tentando alcançar, por meio do transe, uma forma inédita de êxtase. Entretanto, essa busca pela libertação metafísica é dramatizada e disposta em dois planos: o humano (familiar) e o político (dinástico). Genet realmente escolhe seu personagem para habitá-lo e, embora sua peça não se iguale à potência quase alucinatória da de Artaud, ela a supera em poesia. Enquanto Artaud se deleita em reconstituir a execração de Heliogábalo e a perversidade de "suas" mulheres, Genet, como dramaturgo clássico, não retrata a crueldade e tem o cuidado de esconder o sangue derramado no palco. Ele chega ao ponto de descrever ou sugerir "silenciosamente" a morte de Heliogábalo ("Sua cabeça e seu peito não são mais visíveis para o público, mas é possível sentir que Aeginus o está degolando", p. 131). Em suma, é como dramaturgo e poeta que Genet optou por representar esse personagem maldito que pertence, de corpo e alma, ao seu imaginário pessoal.

Como se pode constatar por meio das imagens abundantes e da atmosfera sufocante, *Heliogábalo* constitui um testemunho comovente e singular dos

primórdios literários de Jean Genet. A redescoberta desta peça é um acontecimento que convida a reler todo o seu teatro. Agora que ela se soma ao conjunto de suas obras consagradas, resta transpô-la ao palco, na França e em outros países. Expressamos o desejo de que os encenadores sensíveis ao charme e ao poder da peça deem a ela toda a visibilidade que merece!

1er Acte

Une salle du Temple. Un autel propitiatoire. Sur l'autel un poulet et ses entrailles. Derrière ~~Devant~~ l'autel, comme derrière un comptoir, l'Augure. Devant l'autel, la grand'mère d'Héliogabale, un général.

L'Augure (Il est attentif, il lit dans les tripes du poulet)

Toujours de l'eau, Madame. (Il cherche encore) Je vois encore de l'eau. (Un long silence) Il mourra... peut-être un jour de pluie, comme aujourd'hui....

(Un autre long silence. Tout le monde est attentif, oppressé) et dans un tumulte de robes de soie entre la Tante de l'Empereur.

La Tante

Une fois de plus le grand-prêtre du Soleil fait des siennes. On l'a rencontré dans le quartier des filles et des maquereaux. Il se promenait, en haillons, sous la pluie. Il s'est fait insulter par la canaille, comme d'habitude. Et le plus beau c'est qu'on ne l'assassine même pas. L'on est à se demander si la lie de Rome ne l'aime pas, malgré qu'elle l'insulte, de ce qu'il traîne l'Empire à la mort sèche. Les chrétiens sont capables d'en faire un saint. (Bas, ironique) Saint-Héliogabale!

La Grand'mère

Tais-toi. Calme-toi. On ne crie pas ici. S'il est grand-prêtre du Soleil mon petit-fils est aussi empereur de Rome. Il fait ce qu'il lui plaît.

La Tante

Mais enfin mère, vous reconnaissez qu'il nous ruine. Vous savez bien qu'il mène la famille ---

La Grand-Mère

Encore une fois tais-toi. Tu oublies que nous sommes ici secrètement. Ajuste ton voile. Où est ton ~~fille~~ fils?

La Tante

Je l'ai laissé avec son précepteur....

La grand'mère (elle s'emporte)

Comme je n'aime pas ça! On ne laisse jamais les enfants trop loin de soi, avec des précepteurs ~~[illegible]~~ qui ne songent qu'à en faire des hommes, ou pire, et jamais des empereurs. Tu vois ce qu'ils ont pu faire de Varius Héliogabale. Je mets tout de même trop d'espoir dans ton fils pour que j'accepte sans remords de le voir se perdre.

La Tante

Vous exagérez, mère, il ne se perd pas. Je ne perds pas mon enfant. Il a voulu voir un charmeur de serpents sur le marché couvert. Je l'ai laissé. Ils vont être ici dans quelques minutes. Et puis j'ai pensé qu'il ne serait pas mauvais que le peuple le voie de près.

La grand'mère

Il n'y a pas de peuple. Je me moque du peuple: il y a les légions et le Général les représente toutes. Il y a les prêtres et le pontife les représente tous.

(Le Général et l'Augure s'inclinent)

(à sa fille) En attendant, avec ta manie d'être en retard, tu as manqué l'oracle. (À l'Augure) Recommence pour elle, toi.

L'Augure (Il triture les entrailles)

Pas de doute, mesdames, Héliogabale mourra bientôt. J'apprends par le noir du foie et par le rouge du gésier qu'il mourra d'une mort ~~infamante~~ abjecte. Que les dieux me pardonnent! (Il regarde encore) Je vois de l'eau! Je vois de l'eau! Je vois de l'eau! Je vois de l'eau! Mesdames je vois énormément de liquide.

NOTA SOBRE A EDIÇÃO

Esta edição de *Heliogábalo* é uma tradução realizada a partir da edição publicada pela editora Gallimard em 2024; o texto francês, por sua vez, é uma transcrição do manuscrito datado de "Fresnes-lès-Rungis, junho de 1942", mantido na Biblioteca Houghton da Universidade de Harvard (MS Fr 351), que o adquiriu em 1983, graças à assistência do Fundo Amy Lowell. Esse manuscrito autógrafo, composto de quarenta páginas, é uma versão passada a limpo da peça e possui algumas correções feitas à mão pelo autor. Ele é acompanhado por um datiloscrito de sessenta páginas, produzido por um(a) secretário(a) a pedido do escritor, que, como de hábito, fez alguns retoques.[1] Como o datiloscrito apresenta algumas lacunas (falhas, erros de leitura), optou-se por manter a versão manuscrita da peça.

Ao estabelecer o texto de base, a edição francesa respeitou a grafia e a pontuação originais e interveio apenas para corrigir erros evidentes de transcrição e ortografia ou para restaurar omissões. Seguindo a edição da Gallimard, mantivemos ao fim do volume as notas com as passagens alteradas pelo autor, complementando-as com a tradução correspondente. Por fim, para facilitar a leitura e a compreensão da obra, François Rouget forneceu um aparato crítico sucinto, com notas que esclarecem aspectos de seu contexto histórico. A essas notas, acrescentam-se algumas observações dos tradutores.

Responsável pelo estabelecimento do texto, Rouget expressa seu agradecimento a Madeleine Scott (Biblioteca Houghton), pela assistência que lhe deu, e a Antoine Gallimard, Hugues Pradier e Alban Cerisier (que com ele compartilhou documentos mantidos nos arquivos da Gallimard), por terem incluído na Coleção Blanche este livro, que escapou do esquecimento em que esteve imerso por mais de oitenta anos.

28

HELIOGÁBALO

Peça em quatro atos

PERSONAGENS

VARIUS HELIOGÁBALO
Imperador de Roma e deus do Sol – 18 anos – baixo – moreno

AVÓ DE HELIOGÁBALO
72 anos

AEGINUS[1]
cocheiro favorito de Heliogábalo, 20 anos

MÃE DE HELIOGÁBALO

TIA DE HELIOGÁBALO

ÁUGURE

PRIMINHO DE HELIOGÁBALO

GENERAL VINITIUS

DIÁCONO[2]

NEGRA

NEGRO DE HELIOGÁBALO

PRIMEIRO GUARDA

SEGUNDO GUARDA

O palco será bem reduzido, não tendo mais que 3 m × 3 m.

O chão, sempre coberto com tapetes vermelhos, exceto no Ato IV.

O Ato III será representado com um medo generalizado do eco.

Nos Atos I e II, a Avó traz sempre junto de si seu guepardo, numa coleira.

É um dia chuvoso em Roma.

Heliogábalo caminha com longos passos silenciosos, como se fosse carregado por eles.

Toda a família imperial lembra um pouco a família real inglesa. A Avó é a rainha Mary* ou, se fosse a família de Napoleão, a Avó seria Laetitia.**

---

* Mary of Teck (1867-1953), que governou o Reino Unido de 1910 a 1936.

** Letizia Bonaparte (1750-1836), a mãe de Napoleão Bonaparte.

FIGURINOS

AVÓ: Vestido e véu pretos.

TIA: Vestido de seda preta. E véu de seda.

MÃE: Arrumada como uma pessoa perdidamente apaixonada.

HELIOGÁBALO: Aparece com uma camisola grosseira de lã preta.

AEGINUS: Esplendidamente.

Os personagens falam entre si a curta distância, devolvendo as réplicas na cara, como se um cuspisse no rosto do outro.

Não há explosões nem no tom, nem nos gestos, nem nos figurinos. É um drama seco.

CENÁRIOS

ATO I: Um salão do templo. Colunas vermelhas. Estátuas monstruosas.

ATO II: Quarto de Heliogábalo. Colunas e cortinas vermelho-tijolo. Pedra fálica preta.* Pele de tigre etc.

ATO III: Salão Setentrional. Colunas vermelhas. Uma sacada com vista para Roma.

ATO IV: Alojamento de empregados. À esquerda, a entrada das latrinas.

Chove em Roma.

* Aerolito ou bétilo do Sol, denominado "Elagabal", cujo culto era celebrado em Emesa (Síria).

ATO I

Um salão do templo. Um altar propiciatório. Sobre o altar, um frango e suas vísceras. Atrás do altar, como se estivesse em um balcão, o Áugure. Em frente ao altar, a Avó de Heliogábalo e um General.

ÁUGURE

(*Está atento, lê as tripas do frango.*)
Água e mais água, senhora. (*Continua a procurar.*) Ainda só vejo água. (*um longo silêncio*) Ele morrerá... talvez em um dia de chuva, como hoje...

(Outro longo silêncio. Todos estão atentos, apreensivos, e, numa confusão de vestidos de seda, entra a Tia do Imperador.)

TIA

Mais uma vez, o sumo sacerdote do Sol está aprontando uma das suas. Foi encontrado no bairro das prostitutas e cafetões. Estava passeando, esfarrapado, debaixo de chuva. Como de praxe, foi insultado pela arraia-miúda. E o melhor é que nem sequer o matam. É de se perguntar se, por mais que o insulte, a lama de Roma não o ama por ele estar arrastando o Império para a morte seca. É capaz de os cristãos o tornarem santo. (*gritando*) Santo Heliogábalo!

AVÓ

Cale-se. Acalme-se. Aqui não é lugar de grito. Meu neto pode ser o sumo sacerdote do Sol, mas também é o Imperador de Roma. Ele faz o que bem entende.

TIA

Mas, mãe, a senhora concorda que ele está nos arruinando. Vê que está levando a família junto...

AVÓ

Mais uma vez, cale-se. Você esquece que estamos aqui em segredo. Ajeite seu véu. Onde está seu filho?[1]

TIA

Eu o deixei com o tutor...

AVÓ

(*exaltada*)

Não estou gostando nada disso! Nunca se deve deixar um filho tão longe de si, com tutores que só pensam em fazer deles homens, no pior dos casos, e nunca imperadores. Veja só o que conseguiram fazer com Varius Heliogábalo. Apesar de tudo, depositei muita esperança no seu filho e não posso deixar de sentir remorso ao vê-lo se perder assim.

TIA

A senhora está exagerando, mãe, ele não está perdido. Eu não perco meus filhos. Ele queria ver um encantador de serpentes no mercado. Eu deixei. Eles estarão aqui em alguns minutos. Também pensei que não seria ruim se o povo o visse de perto.

AVÓ

Não existe povo nenhum. Eu escarneço o povo: existem as Legiões militares e o general que representa todas elas. Existem os sacerdotes e o pontífice que representa todos eles.

(O General e o Áugure se curvam.)

(*para a filha*) Nesse meio-tempo, com sua mania de chegar atrasada, você perdeu o oráculo. (*para o Áugure*) Ei, você, comece de novo, para ela.

ÁUGURE

(*Esmaga as vísceras.*)
Não há dúvida, senhoras, Heliogábalo morrerá em breve. Posso dizer pelo preto do fígado e pelo verde da moela que morrerá de morte abjeta.[2] Que os deuses me perdoem! (*Olha novamente.*) Vejo água, vejo água! Estou vendo água, senhoras! Vejo uma enorme quantidade de líquido.

GENERAL

Os áugures não veem nenhum problema em dizer isto ou aquilo, mas às vezes o destino vai contra o próprio destino. Por exemplo, uma vez eu...

ÁUGURE

(*enfático*)
Perdão, General, quando a gente o consulta com o coração puro, o destino tende a responder a verdade. Sou sumo sacerdote e sei ler através destas tripas. Olhe para elas com seus próprios olhos: o destino de Heliogábalo está traçado com mais clareza que o percurso matemático dos astros no céu.

GENERAL

O senhor não acha que a observação da Lua, do Sol e das estrelas...

AVÓ

Chega, General, chega. (*seca*) Em minha terra, na Síria, também fui ensinada a conhecer o futuro de outro modo, por exemplo por mapas. A infalibilidade do sumo sacerdote é o que importa. Heliogábalo vai morrer em breve, e de que maneira, pelos deuses! (*para o Áugure*) Diga-me, o que você chama de "morte abjeta"?

ÁUGURE

Não faço ideia, senhora.

AVÓ

(*impaciente*)
Sim, é claro, você não faz ideia. No fundo, prefiro assim. Agora, se bem conheço meu neto, é melhor evitar falar sobre o oráculo. A notícia de uma morte como esta poderia alegrá-lo a tal ponto...

TIA

Que ele seria capaz de[3] morrer de prazer. Assim seria cumprido o oráculo.

AVÓ

Silêncio. Tenha dignidade. (*para o Áugure*)
Ei, você, mais uma coisa. Você vê[4] nesse bucho sagrado com clareza o suficiente para me dizer se o Imperador morrerá hoje mesmo?

ÁUGURE

(*Continua a observar o frango.*)
Não, senhora, não consigo dizer nada com exatidão.[5] Porém, vejo o suficiente para assegurar que será dentro de pouco tempo.

AVÓ

Já tenho informação suficiente. Pode se recolher aos seus aposentos. O mais importante é você não esquecer que o sacrifício que acabei de oferecer ao deus de Heliogábalo e ao próprio Heliogábalo deve permanecer em segredo. Estou contando com isso.

ÁUGURE

(*Curva-se.*)
Também sou o sumo sacerdote do silêncio, senhora. (*Vai sair.*)

AVÓ

Vá, vá. (*para a filha*) Acompanhe o sumo sacerdote. Ele deve tomar cuidado com os degraus, ele está acabado. E os degraus estão molhados.

(A Tia e o Áugure saem.)

AVÓ

(*para o General*)
Vamos acabar com esse teatro, finalmente.

GENERAL

Você acha que é o momento adequado? As Legiões da Gália...

AVÓ

De uma vez por todas, evite se dirigir a mim por "você" dentro de um templo. Já ouviu falar em eco? Há gente bastante má aqui, que pode nos pregar peças bem baixas. Você não se lembra daquele salão no palácio em ruínas, em Emesa? O barulho de nossas contendas atraía minhas mulheres, minhas meninas e até meus escravos. A uma hora dessas, uma criança poderia estar berrando em praça pública sobre nossa intimidade.

(Anda pela sala, com as mãos em concha, e grita.)

Eco! Eco! Oh! Oh! Oh! (*Ouve.*) Eco, oh, oh! (*Ouve.*) Não, nada por aqui.

GENERAL

Bem, senhora, permita-me, contudo...

AVÓ

Sim, sim, eu sei... as Legiões da Gália. Eu sei e não me importo. Nem com a Legião da Síria. Há um bom tempo que ela deixou de pensar em Heliogábalo. Quanto às que estão em Roma, se alguma delas ainda for fiel a ele, bastaria verem o rosto triste de garoto malvado que ele tem para perderem toda a alegria de morrer por ele. Ou ouvirem sua voz falando dos soldados como ele sabe falar deles...

GENERAL

Meu medo vem simplesmente do transtorno que a senhora terá ao impor seu segundo neto no lugar de Heliogábalo. Perdoe-me, mas neste momento Roma execra toda a sua família.

AVÓ

Você acha? Odeiam toda a família? Vamos, vamos, diga-me.

GENERAL

Nós ainda os veneramos, senhora. Mas a senhora é uma mulher. Terrivelmente forte, mas os legionários querem um homem.

AVÓ

Sei o que você vai dizer. Mas preciso manter o Império. E o Império vai escorrer por entre meus dedos por causa do imbecil do Varius e de sua desfaçatez. Ele está exagerando, concorda?

GENERAL

Senhora...

AVÓ

Não, não, ele está exagerando. Eu não falaria nada sobre as orgias dele. Caracalla também fez as suas. Não falaria nada sobre os vícios dele: um imperador é maior por seus vícios do que por suas virtudes, bem sabemos disso. Quem se atreveria a reclamar que o Imperador manda servir patês recheados com língua de rolinhas?[6] Que ele dorme sobre um colchão de pétalas de jasmim, trocadas a cada cinco horas? Que ele desposa uma virgem vestal que lhe agrada?[7] Que ele abandona sua esposa mulher aos escravos? Tudo isso é resultado do rebentar da madrugada, quando nela ele esbarra com sua testa de lua. Mas o que é grave, bem grave, General, é que meu neto destrói a si mesmo. Tendo se identificado com o Império, ele destrói o Império. E estou ficando louca, louca com isso! Que idiotinha que não sabe que um monarca deve flamejar em um fogo visível, em belas chamas vermelhas e azuis! Ele não, ele se queima por dentro, desfazendo-se em cinzas. Você o vê sempre? Não parece que ele está se consumindo tanto quanto um cristão? E, no entanto, não se pode acusá-lo de ter parte com isso. Mandei espioná-lo. Seus grandes gestos tolos não enganam a ninguém. É por dentro que tudo acontece. Pois agora deu para se tornar professor de balbúrdia. Talvez seja por causa de seus dezoito anos velhos demais, que o tornam um rebelde de uma espécie ainda desconhecida. Você sabia que o novo amante dele é o cocheiro Aeginus?[8]

GENERAL

Não. Sim. Sim. Eh, o úl... o último vencedor do circo?[9] Sim, eu o vi algumas vezes.

AVÓ

Mas é claro que você o viu. Não negue. Pois então vou pedir à Livínia, minha negra, que narre a você o tipo de discurso que o Imperador dirige a seu cocheiro.

(*Chama.*)
Livínia!

(*O eco repete "Livínia", muito amplificado.*)
Está vendo, está ouvindo o eco? É isso que eu estava dizendo. É preciso ter cuidado. (*preocupada*) Talvez possamos usá-lo um dia. Livínia! O que está fazendo?

(*Entra a Negra.*)

NEGRA

Estou aqui, senhora.

AVÓ

Estou vendo, sua pateta. Você se lembra do que ouviu atrás da cortina de linho vermelho? Um idiota que você não conhece conversando com o cocheiro Aeginus.

NEGRA

Sim, senhora.

AVÓ

Pois bem, conte tudo ao General. E sem mudar nada. (*para o General*) Ela é formidável. Tem memória de escrava.

NEGRA

Então, eu estava sentada nos degraus pilando o trigo...

AVÓ

(Faz um gesto amplo e outros gestos mais suaves, para hipnotizar.)
Assim não, Livínia. Recite.

NEGRA

(Recita, distante.)
"Imagine você, meu querido Aeginus, que não sou nem mesmo filho de Caracalla.[10] Minha mãe confessou isso em um sonho. Vou precisar conseguir ensinar a você como se desenreda a verdade dispersa nos sonhos. É difícil e muito simples ao mesmo tempo. Eu sou um sonho. Nos tempos vindouros, serei explicado como se explica um sonho. Não terei existido por mais tempo; terei tão somente existido mais pesado, sendo aquela coisa que é e que não é.

(Nessa parte da narrativa, entra a Tia silenciosamente, segurando pela mão o filho – de cinco anos –, primo de Varius Heliogábalo.)

"Repare que não nego o mundo desperto, mas busco. Faço esforços sobre-humanos para arrastá-lo atrás de mim, para deformá-lo de acordo com os efeitos dos espelhos[11] grotescos bem-dispostos na galeria de Vinitius, o mago. Não que eu queira fazer graça. Mas, Aeginus, assim como outros talvez tenham a revelação de Deus, um dia tive a revelação do homem. Creio em minha humanidade. Se fui deus do Sol, isso acabou. A divindade me escapa. Ela se evade de mim. Talvez seja porque eu penso. Mas sinto que não há nem mais um fio de cabelo que a segure junto a mim. Ela está presa por um fio que se torna mais fino, ela vai cair dentro de pouco tempo, e ficarei sozinho, com minha humanidade. Mas para ativar essa libertação tenho de travar

uma guerra contra tudo o que pode detê-la dentro de mim: a púrpura tíria,* o exército e os sacerdotes. Eles fazem parte do sagrado. Nunca sorriem, nem riem. Eu procuro ridicularizá-los. Deposito toda a minha glória em não ser respeitado."

AVÓ

(*para a Negra*)
Vá embora agora. E fique de olho na porta. Ninguém precisa saber que estamos aqui. (*para o General*) Você escutou?

GENERAL

Eu tinha algum conhecimento disso tudo. A senhora sabe que o exército também está vigiando Roma. Tenho meus espiões.

AVÓ

Espiões! São discretos? O perigo...

TIA

(*entusiasmada*)
Mas o que a senhora não sabe é que, a partir desta noite, o Imperador vai distribuir seus bens particulares para as prostitutas e os ladrões!

AVÓ

Você está delirando?

TIA

Acabo de tomar conhecimento através do secretário de um notário. Está tudo pronto para esta noite.

---

* Pigmento de cor roxa extraído de um caramujo, que por seu grande valor — era o produto mais caro da Antiguidade — estava associado à nobreza e à realeza. (N. T.)

AVÓ

E por aí vai. É preciso interromper isso o mais rápido possível.

TIA

Mas como?

AVÓ

Quantas maneiras você vê? A verdade é que você é estúpida demais para pensar sequer em uma só. Mais uma vez, vou ter de preparar tudo. (*para o General*) E você sugere o quê?

GENERAL

(*Baixando a voz.*)
A gente pode...

AVÓ

Cuidado, não vá me sugerir algo brutal. Não. Não gosto disso. Não posso levantar suspeitas. Quero me manter pura.

GENERAL

Se a senhora tem medo...

AVÓ

General! Você está me acusando de ter medo, a mim? Você não me conhece mais. Não é o medo que me faz hesitar quanto à melhor maneira: é a prudência. Porque neste caso o medo, se é que existe, é de outra ordem. Ouça-me com atenção. Eu mesma, com minhas velhas mãos enrugadas, teria coragem de estrangular meu neto, apesar de tudo, ou seja, muitas coisas obscuras sobre as quais você, romano razoável, não faz ideia. Mas minha alma de mulher síria é habitada por anjos diferentes. Tive deuses terríveis durante

minha infância. Vou guardá-los por toda a vida. E você não pode imaginar o heroísmo que me é necessário para matar um deus.

GENERAL

Mas não se trata de matar um deus. Heliogábalo é uma criança, como a senhora disse, e ele mesmo admite...

AVÓ

Ele não sabe quem é.

GENERAL

É um garoto. Sua morte não terá nada de terrível, nada de sobrenatural para aquele que o matar.

AVÓ

Sei muito bem disso, velho maluco. Sei muito bem. Mas você não se dá conta do que ele é além disso? A começar simplesmente por seu nome: Heliogábalo. Dentro dele estão o Sol e o deus Baal. El Gabail.[12] Existe um mundaréu de divindades, essas da minha infância: o amor materno, o ódio, a vingança, o ciúme... Encontro todas elas ali, aninhadas em seu nome, emaranhadas em suas sílabas e em seu sol, como uma espécie de ninho de víboras que formaria onze letras sagradas. Heliogábalo. Você percebe tudo o que existe?

TIA

E mais: ele é o Imperador!

AVÓ

Não. O Império não é nada. Eu também sou o Império. Sei o que ele é. Consigo ver através dele. Mas o culto do Sol e o de sua pedra negra, isso

me abala! Porque não se deve esquecer que ele é sumo sacerdote e deus. Você não o viu como eu vi, quando ele sai para se reunir com o Sol. Ele começa a girar em círculos. É como se estivesse voando para longe, sem asas e sem se mover, como se pairasse no fundo de si mesmo, onde está o Sol.[13]

GENERAL

Mas isso é loucura, convenhamos, senhora...

AVÓ

(*com determinação*)

Ele é um deus porque carrega o nome de um deus. Porque o título lhe foi dado. O nome e o título, está tudo nele. Agora, preste atenção, sei que esse templo é feito das mesmas pedras que a parede[14] do meu quarto, mas sei que ele se chama templo, e isso basta para eu adentrá-lo tremendo. A maravilha de Heliogábalo é o nome dele. É esse nome que me preocupa, com tudo o que encontro nele. E a facilidade que ele, esse garoto imperador, sacerdote e deus, tem para se encarnar, ou até se metamorfosear, se quiser chamar assim, em marginal, em cafetão, em prostituta.[15] Confesse que, se ele quisesse, se ainda quisesse...

TIA

Ele está perdido, não há mais esperança.

AVÓ

E você tremendo de medo com a possibilidade de deixar o Império passar logo à frente do seu nariz.

TIA

Penso no meu filho e na grandiosidade de Roma.

AVÓ

Sou em quem pensa na grandiosidade de Roma, porque sei o que é a grandiosidade, minha filha. Sei reinar. Reino e reinarei. Pois o esplendor do nome divino de Heliogábalo me apavora, mas não recuarei diante da morte de um deus para garantir meu reino e, por isso, serei ainda maior. Já sou maior por estar decidida. Ou não sou?

GENERAL

A senhora será obedecida. Respondo por meus soldados e por minha dedicação.

AVÓ

Vou precisar. (*para a filha*) E você tem que me obedecer.

TIA

Sim, mãe.

GENERAL

Aconteça o que acontecer, podemos contar que as tropas estarão a seu favor, assim como provavelmente mais da metade do Senado.[16] Aqueles velhotes já estão fartos das terríveis troças que o Imperador lhes prega. Ele os fez comer mingau misturado[17] com fezes e pregos. Ele os esguichou com água gelada no inverno. Ele os fez dormir e colocou chifres em suas testas...

AVÓ

Mas não me importo com isso. Pelo contrário, acho ótimo. É a contrapartida de suas delicadezas. Isso se deve à magnificência dele. Você diz que teremos metade do Senado; dispensaremos a outra. Agora temos de encontrar um meio para nos livrarmos de Varius.

GENERAL

A senhora não confia em... (*Hesita.*) Estamos fazendo um bom trabalho com... A gente pode pôr a culpa num cocheiro ciumento.

AVÓ

Você sabe muito bem que ele sempre está protegido. Teríamos que organizar uma batalha regularizada, e isso eu não quero. Uma pessoa, no mínimo, acaba sobrevivendo, ela abriria a boca, uma informação levaria a outra e chegariam até mim.

TIA

Por que a senhora não o envenena? Conhecemos bons venenos que agem rápido sem deixar pistas.

AVÓ

Um bom veneno sempre acaba deixando algo: a morte. É preciso explicar essa morte, e tenho horror a interrogatórios.

TIA

Parece-me que o veneno seria indicado, já que o áugure[18] vê água, líquidos, em sua morte.

GENERAL

Há mais uma coisa preocupante. O oráculo diz que Varius vai morrer em breve, de morte ignóbil; devemos deixar isso com o destino,[19] o qual o oráculo não pode trair, ou será que devemos cumprir o oráculo, sem temer os deuses, tornando a nós mesmos instrumentos do destino?

AVÓ

Na sua opinião, deveríamos...

GENERAL

Esperar que o destino mate Heliogábalo.

AVÓ

(*furiosa*)
Ah, mas é claro! Esperar? Você está falando sério, esperar?! Esperar, simples assim. Você tem cada ideia. Mas, antes de tudo, o oráculo: perguntamos a ele sobre Heliogábalo, mas não sobre nós. E isso é péssimo, pois ele talvez pudesse ter dito que nosso destino estava tão intimamente emaranhado no dele que acabaríamos estabelecendo uma relação de vítima e carrasco.

GENERAL

Senhora, por favor, fale baixo e seja prudente. E lembre-se ainda de que, se Heliogábalo é um deus, há um risco enorme de ele escapar por milagre. O sacrifício que fizemos agora há pouco talvez tenha nos comprometido com uma aventura fabulosa da qual só poderemos sair como condenados. Ele estava conduzindo o sacrifício.

AVÓ

Não diga bobagens. Sei que Heliogábalo é um deus, mas ele também é um homem. Suponhamos que seja um deus do teatro. Um deus do teatro é assustador por causa da máscara de alvaiade* e do homem que se esconde nela. Pense só quão humano, quão sobre-humano é preciso ser para se tornar um homem-deus. Ninguém se atreveria a pôr as mãos

---

* Substância branca comumente empregada na pintura de paredes, composta de carbonato de chumbo. O alvaiade era utilizado como maquiagem até o início do século xx, mas foi proibido por sua toxicidade. (N. T.)

em um deus do teatro, mas eu tenho coragem, já que é necessário. (*O guepardo puxa a coleira.*) E esse bicho, que está de mau humor? Qual é o seu problema? Fique tranquilo. (*Acaricia o guepardo.*)

TIA

É essa chuva que está nos deixando nervosos. Faz três dias que não para. Roma fica em um estado de torpor, uma espécie de afogamento. Talvez seja o momento com que todos sonham para se livrar de um imperador.

AVÓ

(*Ouvindo a chuva que cai no telhado do templo.*) Sim, também acho. Momento dos sonhos. Dificilmente haveria um motim. Tudo aconteceria no Palácio. Estaríamos isolados. Em uma ilha, em família. Faz um tempo que fico devaneando...

GENERAL

Com o quê?

AVÓ

Com nada. (*um momento*) Diga-me, para que serve esse eco nos templos?

GENERAL

O eco no templo? Isso é muito conhecido. É para que os sacerdotes, que às vezes ficam escondidos sob as lajes ou dentro das paredes, tomem conhecimento assim que chega um estranho.

AVÓ

E o salão de ecos, no Palácio? Você ficou sabendo que hoje Varius Heliogábalo vai receber os generais das Legiões. Também ficou sabendo que

ele tem de confirmar a eleição dos novos líderes. Pronto, aí está. Esses generais precisam ouvir da boca do próprio Heliogábalo o que ele pensa sobre o exército. E, por isso, vou fazê-los entrar naquele lugar de onde se ouve tudo o que está sendo dito no salão de ecos, onde Varius estará.

GENERAL

E para fazê-lo falar? Ele não concordará.

AVÓ

Ele nem desconfia. Eu o desafiarei a me contar o que minha negra ouviu. Sua vaidade o fará tagarelar.

GENERAL

E depois?

AVÓ

Depois? Ora, é o próprio exército que me livrará dele. Quase ninguém gosta dele. Ainda vou espalhar o boato, verdadeiro ou falso, sobre aquela doação que fará à plebe.

GENERAL

A senhora está se arriscando demais. Em vez de uma intriga de palácio, será uma revolução geral.

AVÓ

Mas você estará lá. E depois, afinal, vou arriscar o todo pelo todo. Quero o Império só para mim, ou então não quero nada. Olhe para mim, o Império me veste. O Império é a cauda do meu vestido. Mas eu construirei sua grandiosidade. Já que não há mais machos em minha família, vou me encarregar de ser o pai e a mãe de Roma. (*para a filha*) Seu filho terá o que prometi. Sou eu quem o guiará... E, agora, mãos à obra.

GENERAL

Talvez devêssemos desconfiar do cocheiro Aeginus?[20]

AVÓ

(*Faz um gesto, mas o guepardo fica inquieto.*) O que foi agora? Calma, calma, vamos, calma. (*preocupada*) Tem alguém aqui. (*Olha em volta de si.*)

(Uma sombra, em forma de homem, passa entre as colunas na parte de trás.)

AVÓ

(*com a voz abafada*)
Ali, ali, vejam! (*Aponta para a coxia à direita.*) *(Todos olham.)* Quem é? (*para o General*) Você, vá verificar! (*Ela cobre o próprio rosto – e o de sua filha e o da criança – com um véu preto, e todos permanecem imóveis.*)

GENERAL

Epa! Epa! Por aqui! (*Corre atrás da sombra.*) (*O público o ouve falar.*) Quem é você? O que estava fazendo aqui, hein? Você é diácono neste templo? Sabia que incomodou uma pessoa ao passar? Como? Não viu pessoa alguma? Tem certeza? (*Volta.*)

AVÓ

(*Descobre o rosto.*)
Você não mandou prendê-lo?

GENERAL

Era um diácono. Tem cara de idiota. Nem sequer sabia que havia pessoas no templo. Deve estar correndo para suas orações ou para seus amores.

AVÓ

Mas ele está correndo! E isso não é nada, nada prudente. Você não deveria tê-lo deixado escapar. Tem certeza de que não ouviu nada?

GENERAL

Claro que não, ora essa, acalme-se. Até porque os diáconos[21] nunca saem do templo.

AVÓ

Em todo caso, assim que voltar vou mandar fazer um sacrifício para Behel. Você estava me falando daquele tal de Aeginus?

TIA

Eu o vi agora há pouco, enquanto ele acompanhava o sumo sacerdote. Que vestuário! Dez mil vezes mais deslumbrante que o do Imperador.[22] Com certeza estava a caminho da casa de Varius, onde encontrará minha irmã, que é apaixonada por ele.

AVÓ

Ela disse isso?

TIA

Ela é muito resguardada. Felizmente, ainda lhe resta algum pudor. Mas eu mando uma das escravas, que subornei, vigiar seus sonhos. Ela passa noites inteiras debruçada sobre o rosto da patroa, e esta, dormindo, lhe conta tudo.

AVÓ

(*furiosa*)
Mas você é louca de meter uma escrava nos segredos do sono de sua irmã, de envolver uma escrava no sono e nos sonhos da mãe do Imperador. Você é louca! Você é um perigo!

TIA

Confio em minha escrava.

AVÓ

É justo isso que censuro em você. O pior pode acontecer! Uma rainha adormecida é uma escrava pronta para o suplício, nas mãos de uma escrava que a espiona. Agora sei que foi por meio dessa espiã que Varius foi informado de que não é filho de Caracalla. Temos de agir o mais rápido possível. Vamos!

(Eles saem.)

CORTINA

ATO II

Quarto de Heliogábalo. A Mãe de Heliogábalo. Um escravo negro.

MÃE

(*Parece agitada.*)
Você o verá. Ele vem, com certeza. Diga a ele... diga que preciso falar com ele... ou melhor, não, diga que... Vamos, ajude-me!

ESCRAVO

Varius Heliogábalo vai detê-lo por muito tempo.

MÃE

Você acha? Ah! Acha mesmo? E o que meu filho teria de interessante para dizer a ele? Eles vão ficar um com o outro aqui, e eu estarei lá, no meio das mulheres! Encontre um modo de fazê-lo concordar em vir.

ESCRAVO

Por que a senhora simplesmente não o manda vir? Aeginus é apenas um cocheiro.

MÃE

Era um cocheiro, mas o amante do meu filho está se tornando outra coisa. Olhe, será que posso ficar até ele chegar?

ESCRAVO

Impossível. O Imperador me deu recomendações expressas de não deixar ninguém entrar em seu quarto. Ele quer ficar a sós com Aeginus.

MÃE

Mesmo assim, posso esperar aqui um segundo, sem me sentar. Vou embora assim que... (*Pega um espelho e se olha.*) Estou velha, hein?

(Aeginus aparece quando ela diz "Estou velha".)

AEGINUS

(Curva-se.)
Senhora.

MÃE

Você! (*Ela se recobra.*) Aeginus? Ah! Ótimo. O negro estava me dizendo que meu filho queria vê-lo. Você deve estar a par, não é? Vou-me embora, já está na minha hora. (*Senta-se.*) Você pode se sentar.

ESCRAVO

Senhora, o Imperador...

MÃE

Dê-me um pouco de paz. (*para Aeginus*) Não estou zangada de poder falar com você cara a cara. Meu filho o escolheu como confidente. Eu o parabenizarei pela escolha. Em toda parte se fala muito bem de você.

AEGINUS

Senhora...

MÃE

Pois sim, suas qualidades morais e sua habilidade como cocheiro são elogiadas. (*Ri.*) E minhas mulheres inclusive conversam entre si sobre seu vigor em todos os jogos.

AEGINUS

Vigor nenhum, senhora...

MÃE
Não fique encabulado. Agora, vendo-o assim, as pernas e os braços nus, reconheço sua capacidade de fazer as mulheres do Palácio sonharem, elas que têm, quase todas, maridos deploráveis. Vi você passar...

ESCRAVO
Senhora, o Imperador vai chegar, saia rápido...

MÃE
Sim! Oh, você é impiedoso. Meu filho está criando monstros em volta dele, está construindo muralhas da China, e cada pedra é uma cabeça de tigre. Aeginus, cuidado com meu filho. Cuidado com suas artimanhas. Ele vai enfeitiçar você.

ESCRAVO
Depressa, senhora...

MÃE
Sim, sim, sim. (*para Aeginus*) Mas ele é uma criança. Você é forte...

(Aparece Heliogábalo.)

HELIOGÁBALO
Bom dia, mamãe, você está bem? Bom dia, Aeginus. Mamãe, você está pálida. Será que é seu fígado? Se não seguir as prescrições dos médicos, vai acabar se decompondo viva. Mamãe querida, cuide-se. (*Passa um braço em volta do pescoço dela e a leva para fora.*) Gosto muito de você. E me sinto como um pobre coitado quando vejo de onde vim. Você é a mulher, não é? A mulher minha mãe!

MÃE

Isso é jeito de falar comigo, Varius? Por trás de cada um de seus carinhos, sinto no peito a ponta de uma agulha. O Império o intoxicou...

HELIOGÁBALO

Deixe para lá esse hábito teatral de falar. Deixe isso comigo. Exijo humildade na fala e na atitude das pessoas à minha volta. Cabe a mim dizer isto: "Quando irrito você, fico sóbrio de vaidade e me resseco; eu me torno um vale de desolação". (*Estão perto da saída.*) Vá embora. Deixe-me com minhas imperiais orgias. Viu só (*Aponta para Aeginus.*), é o novo cocheiro que escolhi. Você o conhece? Não? Sim, naturalmente. Você gosta dele e foi para ele que se pintou.

MÃE

Varius!

HELIOGÁBALO

Você gosta dele e veio procurá-lo.

MÃE

Varius! Ora essa, eu sou uma mulher, afinal. E sua mãe...

HELIOGÁBALO

Uma mulher e minha mãe! Você é engraçada, mamãe. Uma mulher e minha mãe! Em todo caso, não conte com Aeginus. Dele, cuido eu. Ele será a minha posteridade. (*Afugenta a Mãe.*) (*para Aeginus*) Sabe que adoro minha mãe?

AEGINUS
Tenho certeza, Varius. Por mais que você se mostre cruel, coração de lobo, continuará a ser, de quando em vez, um patinho.

HELIOGÁBALO
Você acha realmente que ajo como alguém cruel?

AEGINUS
Com certeza.

HELIOGÁBALO
Aí que você se engana. Explicarei mais tarde. Mas tem razão em dizer que sou meio patinho.

AEGINUS
Não o censuro. A ternura que percebo em seus momentos de gentileza me livra de suas cinzas.

HELIOGÁBALO
De modo geral, eu canso você.

AEGINUS
Você me mata, Varius. Quase num piscar de olhos, passei do ofuscamento provocado pela aproximação[1] do seu sol à exaustão causada pela sua amizade. Você me deixa ressequido.

HELIOGÁBALO
Em suma, você já não me suporta.

AEGINUS
Não diga isso. Você sente muito bem que, cada vez mais, você me prende a seus flancos. Pareço um floco de lã sobre um bolo de espinhos pretos. Estou preso. Jamais me livrarei de você.

HELIOGÁBALO
Está se queixando disso?

AEGINUS
Eu me queixo de ter sido despojado de minha própria carne. Por que você fez tudo o que foi preciso para destruir a simpatia que eu tinha por você? Achei você muito gentil no início de nossa amizade, apesar do que se dizia a seu respeito no circo, entre os cocheiros, os boxeadores[2] e as mulheres. De uma grande gentileza. Mas agora... você se está se revelando...

HELIOGÁBALO
Fale. Não titubeie. Fale sobre meu orgulho, meu egoísmo, minhas bizarrices...

AEGINUS
Sobretudo sobre seu orgulho, seu orgulho sujo. E sua dureza.

HELIOGÁBALO
A do meu coração?

AEGINUS
A do seu coração. Toda a sua dureza. Você é feito de pedra incinerada, igual o seu deus. Comigo, agora, você não tem mais bondade.

HELIOGÁBALO
Mais bondade. Oh, Aeginus! A sério, logo você, pedindo isso? Um homem como você?

AEGINUS
Varius, se me queixo de sua dureza é porque lhe dei minha amizade; em outras palavras, presenteei uma criança com toda a minha força e toda a

minha coragem. Fiz isso do fundo do coração. Há dois meses você era sedutor, gracioso e gentil. E veja no que se transformou. Você se petrificou. Começou deixando seus ornamentos de lado; eu não me importaria, mas você os substituiu por gestos duros, por pensamentos desoladores...

HELIOGÁBALO
Continue, continue, você está me divertindo.

AEGINUS
Estou divertindo você? Estou aqui para diverti-lo?

HELIOGÁBALO
(Faz um gesto de refutação, mas se recompõe.) Eu ia gritar, protestar, mas não; você tem razão, você está aqui para me divertir.

AEGINUS
Uma vez mais. Sua mente assume a forma de seu corpo e de suas manias. Você não passa de uma coroa de espinhos. Eu me aproximo de você com toda a ternura que consigo juntar e a dilacero em seus ossos. Você tem aversão à minha simpatia. Antigamente... enfim, você se lembra, Varius.

HELIOGÁBALO
A simpatia! Isso qualquer um pode me dar, se eu a desejar. Mas você realmente pensa que não me importo. Eu quis sua amizade. Ah, mas atenção! Trata-se de um tipo de amizade diferente da que se costuma selar. Vou explicar tudo a você. Quando vi que havia conquistado sua simpatia, quis ir para além dela...

AEGINUS
Mas você a destruiu...

HELIOGÁBALO

Foi necessário. Não me entenda mal. Foi destruindo a imagem demasiado brilhante do *imperator* que obtive a de um gracioso adolescente, de um Varius encantador. Pois sei encantar.[3] Aprendi todos esses segredos na Síria, entre as mulheres, nos serralhos.[4] Eu tinha amas conhecedoras de encantos. Não é verdade, meu menino, que foi fácil para mim ter você? Consegui isso através da sedução.

AEGINUS

Está vendo? Você continua a se destruir. Você estava maquinando mesmo quando eu acreditava em sua gentileza, e ainda está maquinando não sei o quê.

HELIOGÁBALO

E para conquistar sua amizade profunda, indo além da repulsa que você inicialmente sentiu por mim, tive que lhe apresentar uma imagem minha, verdadeira, aliás, que o enojaria. Na qual você cuspiria. Estou chegando lá, meu querido. Você tem visto essa imagem há algum tempo, mas, se souber resistir a ela, se apesar daquilo que eu lhe apresento de mais abjeto você continuar a me amar, se você não se afastar ao ver meu esterco, se sua amizade conseguir cruzar o cabo do esterco, nós nos amaremos até a danação. Você me amará no túmulo.

AEGINUS

Cale-se!

HELIOGÁBALO

Ora essa, não posso mais me calar. Nada o impedirá de amar minha carne envolta por bálsamos e depois minha carne decomposta, esverdeada.

AEGINUS

Varius!

HELIOGÁBALO

Ou quem sabe meu fantasma. Preferiria assim? Acho que você preferiria, sim, por causa da poesia das histórias de fantasmas. Mas eu ainda seria um fantasma abjeto, sobre o qual eu o obrigaria a cuspir para depois me amar, todo escarrado, vestido de escarro, verde e branco da cabeça aos pés! E você oferecendo a sua simpatia para mim! Mas é como se um cortesão qualquer me enviasse uma lufada de incenso enquanto rezo a minha missa aos pés do Sol. O sumo sacerdote pode esperar tudo, mas eu, Varius Heliogábalo, que escolhi você para me ajudar a destruir o mundo, de você espero a amizade na abjeção.

AEGINUS

Mas, Varius, a minha amizade você tinha, sem precisar dessa desoladora...

HELIOGÁBALO

Uma amizade monótona demais, feita de um pouco de medo e respeito.

AEGINUS

Eu não acho.

HELIOGÁBALO

Na verdade, sim, mesmo quando seguro sua mão, você não esquece que sou César. Afinal, a minha púrpura tíria eu carrego dentro de mim. Sangro e me infiltro em direção ao meu centro.

AEGINUS

Meu querido...

HELIOGÁBALO

Lá vem você de novo me chamando de “meu querido”. Talvez por piedade? Mas, Aeginus, não sou doente nem aleijado. Aceito sua embriaguez tumultuada, mas a sua piedade, essa espécie de bondade,[5] eu desprezo.

AEGINUS

Minha amizade por você não é desprovida de bondade.

HELIOGÁBALO

Você é bondoso demais. Eu me pergunto aonde isso o levará. Talvez à minha morte.

AEGINUS

Você é terrível.

HELIOGÁBALO

Terrível? Não, é muito simples. Estou conquistando você pouco a pouco.

AEGINUS

Estou apegado a você, Varius. Temo já ter ultrapassado o cabo do esterco.

HELIOGÁBALO

Ainda não. E vá mais longe do que eu, se puder. Tente ver o que há de maravilhoso no fato de uma criança, homem-deus, Imperador de Roma, mestre do mundo conhecido, queimar tudo à sua volta e dentro de si, semear cinzas e podridão para permanecer sozinha, cara a cara consigo mesma…

AEGINUS
Mas, se continuar nesse ritmo, não sobrará nada de você mesmo. Você me confidenciou que nem é filho de Caracalla, tampouco deus do Sol.

HELIOGÁBALO
É isso que apavora você. Não sei que tipo de homem era meu pai. Eu poderia questionar minha mãe, mas prefiro pôr as mãos sobre os olhos, nos dias de chuva, e sonhar com esse homem que não posso imaginar e que, deitado sobre o ventre da minha mãe para gozar por um segundo, quase criou esta flor carregada de espinhos de aço: Varius Heliogábalo.

AEGINUS
Mas tampouco eu conheço meu pai. Nem sequer minha mãe. Parece que fui recolhido no portal do templo de Juno. É uma lenda bem antiga. Também fui criado por mulheres. Mas imagine, Varius, que bom teria sido se nós dois, órfãos, sem família, estivéssemos à frente do mundo...

HELIOGÁBALO
Mas é apenas isso que peço. Só que você exige coisas impossíveis. Até quis se casar. Eu estarei sozinho do começo ao fim da minha vida. Devo estar sendo vítima de uma terrível conspiração. Contra mim, há...

AEGINUS
Há os deuses...

HELIOGÁBALO
Não venha me falar dos deuses. Sei o que são. Durante muito tempo, as perneiras do sagrado severamente me ataram: meu sacerdócio,

minha púrpura, minha divindade! Não ousei fazer nenhum outro gesto. Inclusive, eu nem aguentava mais. O peso do meu cargo me fazia dobrar os joelhos. Eu estava pesado como uma tiara. Devia ser uma visão assustadora...

AEGINUS

Para mim você era um vaso precioso, de forma pura, até o dia em que uma carícia, um defeito, ou mesmo um sorriso seu me mostraram que você era feito daquela terra com a qual os jarros são torneados,[6] em que se guarda o óleo mais grosseiro. Quando você me chamou, eu vim do meu circo, pés e punhos atados, rígido, acorrentado como quem vai para o sacrifício, mas pouco a pouco...

HELIOGÁBALO

Você está esperando a falha! Agora você deve acreditar na minha humanidade. E se tem medo de que, na velocidade em que vou, não sobre mais nada de mim, você se engana. Me sobrará isto. Você já viu como trato o mundo dos homens? Os senadores, os nobres? Não há um só dia em que eu não lhes pregue peças cruéis, em que eu não despedace a vaidade deles. A honra deles, eu vendi! A virtude deles, arrastei para as latrinas! E a beleza! Oh! Sobretudo a beleza, eu a maltratei. Em mim e nos outros. Não basta eu me tornar feio, eu torno feia a beleza. Eu torno feio o que está à minha volta. Mas não poupei o mundo dos deuses. Como cabeça, dei-lhe uma pedra negra em forma de sexo erguido: meu deus. E não poupei nem mesmo a ele. (*Levanta-se e caminha em direção à estátua fálica.*) Olhe para ele. Antigamente, ele me causava uma impressão terrível, até o dia em que percebi que a poeira

se insinuava[7] nos seus cantos. Desde então, progredi. Puta imperial, enfiei o deus na minha cama. Você conhece os ritos do culto? Veja só.

(Executa uma dança grotesca, que o ator deverá inventar. E cai em uma gargalhada estridente.)

Está vendo, é assim que se domam os deuses: a gente ri na cara deles. Isso os desconcerta, porque eles não sabem rir. Eles se deixam cair do pedestal facilmente. Você toma o lugar deles e se torna deus. Está resolvido. (*gargalhadas estridentes*)

AEGINUS
Varius! Varius! Acalme-se. Gosto muito de você, mas não passo de um cocheiro.

HELIOGÁBALO
Você me acha louco.

AEGINUS
Não, não. Se você é louco, não sei, mas está me arrastando desenfreadamente por seu mundo desolado, seu mundo roído e calcinado.

HELIOGÁBALO
E você pede socorro com todos os seus gestos mais belos, com seus braços maravilhosos, com suas pernas carnudas, pede ajuda ao mundo dos humanos, ao mundo da bondade, ao mundo da ternura, da beleza.

AEGINUS
Você está indo rápido...

HELIOGÁBALO

Sinto que você está me seguindo, a passos desordenados. Se você se visse quando anda, ou melhor, esvoaça! Pelos deuses, como você é grotesco. Mas continue, continue. (*Sem olhar para Aeginus.*) Continue em frente.

AEGINUS

Mas para o que você está olhando?

HELIOGÁBALO

Para nada. Estou olhando para você, que me segue com seus pobres gestos desesperados. Mas você vem a mim. Corra, corra, Aeginus, cocheiro bizarro, corra. Você vai me alcançar. E então não preciso fazer nada além de morrer, porque você terá me ultrapassado.[8]

AEGINUS

(*um grito de animal ferido*)
Varius, que terror, sinto uma vertigem. Mas uma vertigem curiosa: caio em direção a mim mesmo. Bem dentro de mim. Tudo porque você corta minhas asas.

HELIOGÁBALO

O quê? O que você está dizendo? Você está divagando...

AEGINUS

Não, eu sinto isso, estão fazendo algum trabalho em mim. Você está me trabalhando.[9] Você está fabricando alguma coisa dentro de mim, você tem serras, facas, agulhas. Você recorta, apara, retalha, você franze, você costura.

HELIOGÁBALO
Qual é o seu problema? Você está doente?

AEGINUS
Não, é verdade!

HELIOGÁBALO
(*estupefato*)
É verdade?... mas?... é verdade?... o que você está falando?

AEGINUS
Você está me conquistando...

HELIOGÁBALO
Estou conquistando? Chego aos joelhos?
Ao coração?

AEGINUS
(*Ele se contorce.*)
Eu deslizo, deslizo para dentro de mim e tenho certeza de que é você que vou encontrar lá. Você está me conquistando...

HELIOGÁBALO
Bem, deite-se, vou operá-lo. Vamos começar nosso dueto de amor, e hoje dormiremos nossa noite de núpcias.[10] (*Força Aeginus a se deitar no carpete. Em seguida, chama o escravo negro.*) Lucius? Traga-me a caixa de apetrechos. (*para Aeginus*) Você, vire-se um minuto. Ou dois. Pois algo incrível vai acontecer. Vou me tornar... bem, você vai ver, vire-se.

(O escravo traz uma caixa, abre-a, e Heliogábalo tira algumas roupas femininas, magníficas. Começa a se despir de sua camisola de lã preta.)[11]

AEGINUS

(*Falando no escuro.*)
Você me enfeitiçou? Os encantos terríveis são de verdade?

HELIOGÁBALO

Não entre em pânico, estou aqui. Por ora, você está morrendo. E morrer é sempre suave.

AEGINUS

É suave, mas algo resiste...

HELIOGÁBALO

Espere até ficar completamente morto. Logo em seguida, você vai começar a andar em linha reta com uma rapidez de louco. Seremos só nós dois no mundo.

AEGINUS

Esta vertigem, meu querido, que não para de me fazer cair dentro de mim mesmo...

HELIOGÁBALO

(*Faz movimentos nervosos para pôr o vestido, admoesta por meio de gestos seu escravo negro.*)
Bem, acho que a operação terminou. Agora diga-me algumas palavras de amor.

AEGINUS

Ainda não sei falar. Para mim, você é um pilar de trevas.

HELIOGÁBALO

Por enquanto, eu me contento com isso. (*Aproxima-se, coberto com o vestido das cortesãs.*) Naturalmente, pode ficar tranquilo quanto ao que você está prestes a ver, que não

é sério. Estamos fazendo de conta, meu amigo. Estamos encenando um jogo prodigioso pelo qual os homens se deixam enredar... enfim... olhe para mim!

AEGINUS

(*de pé*)
Varius, o que significa isso? Isso já é demais!

HELIOGÁBALO

O que o incomoda? Enfim, Aeginus, não desista. Temos que superar o abjeto para ficarmos a sós em nosso desespero. Seremos mais fortes que o mundo porque vamos habitar o imundo.

AEGINUS

E você afirma estar encenando! Você é solene demais para encenar.

HELIOGÁBALO

Só se encena bem com solenidade. Enfim, atravesse o umbral ou fique...

AEGINUS

Senhor, por que me escolheu?

HELIOGÁBALO

Essa é a frase que os cristãos falam para Jesus uma vez que o aceitaram.[12] Você é meu.

AEGINUS

(*com simplicidade*)
Eu sou seu.

HELIOGÁBALO

A caminho. Partamos rumo ao que minha avó chama de decadência. Ouça a chuva cair. Está ouvindo? Deixe-se escorrer, levar pela chuva. Já estamos quase deixando de existir. Apenas nosso coração permanece. Ouça um segredo. Hoje, não sou mais o Sol. Logo, estou sem defesa. Sempre temo esses dias. Tenho milhares de pontos fracos e, se você quisesse, poderia me machucar. Mas não temo você. É da minha avó que desconfio. Ela não deve saber da minha fraqueza.

AEGINUS

Meu passarinho!

(*Ouvem-se barulho nos bastidores e a voz de um homem.*)

VOZ

Avisem o Imperador, oras! Preciso vê-lo.

VOZ DO ESCRAVO NEGRO

César é invisível!

(*barulho de luta*)

VOZ

Ora, deixe-me passar. A vida dele está em perigo, seu cão, aprume-se.

(*A cortina se agita e o Diácono aparece.*)

SACERDOTE

(*Detém-se, paralisado.*)
Senhora! Oh, senhora!

HELIOGÁBALO
(*Sorrindo.*)
Recomponha-se, vamos lá, Diácono. O que você quer?

SACERDOTE
Senhora, preciso falar com o Imperador.

HELIOGÁBALO
Não existe Imperador, e sim uma puta imperatriz, e você está diante dela.

SACERDOTE
(*Seu rosto muda. Ele hesita, em seguida se curva.*)
Majestade, vim avisá-lo... não duvide de minha lealdade... eu... (*Gagueja um pouco.*)

HELIOGÁBALO
(*para Aeginus*)
Fora do templo, os sacerdotes continuam sendo ridículos. (*para o Diácono*) Diga, o que está acontecendo?

SACERDOTE
Majestade, eu tomei conhecimento... Enfim... não vá para o Salão Setentrional, é perigoso.

HELIOGÁBALO
Para começo de conversa, por que eu iria? E depois, por que eu não iria? Explique-se, você tem tempo.

SACERDOTE
Eu tinha que avisá-lo, Majestade. Hoje Vossa Majestade deve receber os chefes das Legiões no Salão Setentrional, que é cheio de ecos. Vão colocar ainda mais ecos e deixá-lo dizer o que Vossa Majestade havia prometido comunicar...

HELIOGÁBALO
Comunicar o quê?

SACERDOTE
Seu desgosto para com o exército, Majestade.

HELIOGÁBALO
Como você sabe?

SACERDOTE
...

HELIOGÁBALO
Por minha avó, não é?

SACERDOTE
Por personagens que não posso mencionar, Majestade. Eu estava à espreita na estátua oca de Mercúrio. Ela está conectada a um sistema de ecos que repete tudo...

HELIOGÁBALO
Aquela velha pústula! Está vendo, Aeginus? E todas essas antigas edificações cheias de truques, onde as paredes têm bocas que berram os segredos dos príncipes.[13] (*para o Sacerdote*) Mas você, então, está do meu lado?

SACERDOTE
Eu já era noviço em Emesa, Majestade, e fiz parte da procissão do deus quando Vossa Majestade chegou a Roma. (*Curva-se diante da pedra negra.*)

HELIOGÁBALO
Ah! Ah! E você achava que eu ainda era o bambino dos velhos tempos. (*Ri.*) Como as ilusões são tenazes. Bem, você vai guardar

silêncio sobre esse atentado. Segredo de Estado. Pode se retirar. Agradeço-o. (*O Sacerdote faz uma reverência e sai.*) (*para Aeginus*) Você vê a que ponto pode chegar uma dignidade que se recusa ao declínio.

AEGINUS
Dizem que foi sua avó que deu o Império para você.

HELIOGÁBALO
E que Império! É verdade que ela já é grande o suficiente para ele. Minha avó é grande e terrível, logo, duplamente ridícula. Ela seria capaz de me matar, veja bem. Só que ainda não quero morrer. Na sua opinião, o que eu deveria fazer?

AEGINUS
É difícil dizer. Acho que primeiro você teria de se assegurar de que a conspiração realmente existe, ou seja, de que o perigo é real...

HELIOGÁBALO
Oh! Quanto a isso, estou certo do perigo. Nunca mandei espionar a velha: a espionagem é uma arma dos príncipes honestos. Mas meu faro não me engana. A vadia quer minha morte. Ela fede à minha morte como se já tivesse me devorado. Ninguém se deixaria enganar. Por isso, vou mandar matá-la.

AEGINUS
Mandar matá-la?

HELIOGÁBALO
É a palavra ou a coisa que te assusta, cocheiro? A propósito, é bem possível que, no mundo das caixinhas e da cicuta, as pessoas cometam até

menos crimes do que aqui, no Palácio. O que talvez se deva a isto: em público podemos trocar socos, inclusive facadas nos músculos, sem ficar mortalmente humilhados se o oponente resistir. Já aqui... ah, você não está vendo minha tia e minha avó arrancando os cabelos uma da outra em frente ao Senado? Elas só podem tomar a liberdade de fazer isso em seus aposentos. Já um envenenamento, se for bem-sucedido, glorifica o envenenador.[14]

AEGINUS

Envenenada, sua avó ainda seria perigosa. Você consegue se dar conta do que ela representa no Império?

HELIOGÁBALO

Se me dou conta? Você esquece que sei ser meu próprio assunto por noites a fio.

AEGINUS

Já ouvi muito falarem dela, bem mais que você. Ela é a mulher forte. Dizem que ela é o pilar do Império. Em torno dela o Império se desenvolve.

HELIOGÁBALO

(*Ri.*)
Um pilar! Oh, você é engraçado! Minha avó, um pilar. Pois eu, obviamente, o pilar...

AEGINUS

Não ria quando eu falo. Você sabe o que quero dizer.

HELIOGÁBALO

Eu sei, eu sei. Por isso é importante que a velha morra o quanto antes. Mas é preciso também que eu sobreviva a ela, e essa é a parte delicada da história. Quer dizer que, na sua opinião...

AEGINUS
Tenho dificuldade em me acostumar à ideia de mandar matá-la. Principalmente a de envenená-la. O veneno é a arma dos covardes.

HELIOGÁBALO
Sim, deve ter sido isso o que me fez escolher espontaneamente essa opção. Quero ser um covarde. Um capão. E você também, quero que você seja covarde e capão, e amá-lo assim.

AEGINUS
Meu querido!

HELIOGÁBALO
Não vamos amolecer. Recomponha-se. Ajude-me a encontrar um plano bom e sem perigos.

AEGINUS
Não dá para imaginar isso em dupla. A imaginação precisa de uma determinada noite...

HELIOGÁBALO
Você tem razão, sobretudo a imaginação em torno do crime. Então, sobre o que vamos falar?

AEGINUS
Fale você. Amo escutá-lo. Fico aqui ouvindo à sua porta.

HELIOGÁBALO
Mas, sabe, eu realmente não tenho grandes coisas para lhe dizer. Talvez pudéssemos falar de amor e, por meio de nossas palavras, talvez identificaríamos palavras e frases que nos indicariam o modo de matar a velha.

AEGINUS

Isso seria cômico!

HELIOGÁBALO

Jogos dos deuses. Deles se pode esperar tudo. Comigo você não tem medo?

AEGINUS

Você bem viu que o susto passou.

(No fim desse diálogo uma sombra passou na cortina e, silenciosamente, no tapete, a Avó avança, sem ser vista nem ouvida, com seu guepardo.)

AEGINUS

...

HELIOGÁBALO

(Grita.)

A gente está aqui. (*Vira-se totalmente.*) Eu estava sentindo o cheiro do meu cadáver. Você o está carregando, naturalmente. Você está cercada de odores fúnebres. Eles a carregam e você segue em frente, mais leve do que a morte diante dos olhos de um velhote.

AVÓ

Bom dia, Varius. O que você me conta?

(Aeginus fica ereto. Ele não se curva.)

Bom dia, Aeginus.

HELIOGÁBALO

... (*Olha de relance para Aeginus, que se curva.*)

AVÓ

Varius, vim lembrá-lo de que você convocou os chefes das Legiões para hoje.

HELIOGÁBALO

E eu, avó, vou lhe dar outra notícia: decidi tirar, ou mandar alguém tirar, a sua vida por veneno ou qualquer outro meio.

AVÓ

Não me venha com suas gracinhas, Varius. Estou acostumada a coisas sérias e não gosto que você brinque comigo.

HELIOGÁBALO

Tenho cara de palhaço e por isso as pessoas em geral não me levam a sério, mas posso lhe garantir, minha amada avó, que não estou brincando. Tudo que posso fazer é não dar nenhuma data para a sua morte, para deixá-la com a ilusão de poder viver por muito mais tempo. Só teremos que competir pela rapidez, como dois cocheiros. Além disso, faço questão de continuar com meus hábitos de imperador, pois não me esqueço de que, nessa qualidade, represento o mundo. A propósito, você sabe da minha última loucura? Já começaram a falar disso nos subúrbios de Roma. Não? Não sabe de nada? Ora, provavelmente sabe. Se você é a grande dama do Palácio e é astuta. Enfim, vou repetir para você: estou dividindo minhas posses imperiais e pontificais em duas partes iguais. Metade vai para as putas, metade para os ladrões e mendigos. É uma doação. A primeira parte da primeira metade, que vai para as putas de todos os níveis, concedo a Heliogábalo, Imperatriz de Roma, e a segunda, a você. Da segunda metade,

que vai para os ladrões e cafetões, a primeira parte concedo a Aeginus, a segunda, ao General Vinitius. O que você me diz? Não acha que isso dará certo brio a você e a mim? Ares de grande vadia, que mais de uma princesa invejaria!

AVÓ

E quando será feita a distribuição?

HELIOGÁBALO

Amanhã, os notários estão prontos.

AVÓ

Nesse meio-tempo, os chefes das Legiões devem encontrá-lo para terem certeza de que você valida a eleição dos novos centuriões. Mandei convocá-los no Salão Setentrional e, sob as janelas, os soldados…

HELIOGÁBALO

(*Começa a rir e olha para Aeginus, que também ri.*)
De corpo e alma. Ela se entrega de corpo e alma.

AVÓ

(*envergonhada*)
O que você tem? Está louco?

HELIOGÁBALO

Louco de alegria, ó velha. Imagine só, um religioso do templo, que você poderia mandar esfaquear agora mesmo por tê-la traído, acabou de sair do meu quarto.

AVÓ

(*com voz lívida*)
Não estou entendendo, Varius.

HELIOGÁBALO
(Ainda rindo.)
Não importa. Só que ainda receberei os chefes das Legiões no Salão Setentrional. Sob as janelas, os soldados. Mas ficarei mudo.

AVÓ
Ora, vamos, explique...

HELIOGÁBALO
Não, eu peço que se contente com isso. Explicar seria muito humilhante para alguém de sua altivez. Deixe-nos.

(Durante essas últimas falas, Aeginus estava acariciando o guepardo da velha. Ela se retira.)

AEGINUS
Que bicho magnífico!

HELIOGÁBALO
Quem?

AEGINUS
O guepardo dela.

HELIOGÁBALO
Minha avó nunca fica sem ele. Mas agora você está preocupado com esse gato selvagem enquanto estou tomado de raiva! De raiva, Aeginus. Você viu? Você viu a cara dela de espertalhona, de dissimulada, de envenenada? Ela tinha planejado tudo! Ajude-me, eu peço, ajude-me a encontrar um plano para paralisar a velha. Estou enraivecendo!

AEGINUS

Tomado de raiva? Oh! Escute. Não. É que, talvez, se...

HELIOGÁBALO

É o quê? Descobriu? (*Dirigem-se para a saída.*)

AEGINUS

Escute...

HELIOGÁBALO

Não tem perigo?

AEGINUS

Hein? Não tem perigo?

HELIOGÁBALO

Não tem perigo para nós?

AEGINUS

Não tem. Venha...

(*Eles saem.*)

CORTINA

ATO III

Salão de ecos, conhecido como Salão Setentrional. A Avó e a Tia de Heliogábalo.

AVÓ

No último momento, quando tudo estava prestes a ir tão bem, eu já tinha ao meu alcance o antigo cocheiro dele, Légius, a quem eu mandaria acusar.[1] Mas aquele imbecil tinha que contar para ele o que planejamos. Varius não foi delicado. Ele poderia não ter me contado nada, poderia ter vindo aqui e dito sabe-se lá o que contra mim.

TIA

Tudo está perdido. Devo renunciar ao Império por meu filho.

AVÓ

Oh, não grite. Primeiro, por causa dos ecos. É um infortúnio que, em Roma, os membros da família imperial estejam tão inseguros e tenham de conversar todos os dias em tom de conspiradores ou bandidos dividindo a pilhagem à noite sob as muralhas.

TIA

Mas o que fazemos agora, o que fazemos, o que fazemos, pois ele entendeu aonde queríamos chegar. E estamos todos em perigo. Todos. Especialmente eu, a quem ele odeia, e a quem a mãe dele odeia mais ainda. O que a senhora está procurando?

AVÓ

Minha querida, até você reconhece, todos corremos perigo de morte. É necessário agir rápido, não é? Agora você me entende? (*Olha em volta.*) É meu guepardo que estou procurando. Por um segundo o soltei da coleira e não o vejo mais.

TIA

Pois é, sim, precisamos ser rápidas, muito rápidas, agir! Enfim, fazer alguma coisa, mas não sei o quê.

AVÓ

Acalme-se. Olhe. Está vendo aquela laje?

TIA

Aquela laje?

AVÓ

Sim, ali. Na sacada. Aquela sacada conheço há muito tempo, porque sei de cabeça a planta do Palácio; ela dá acesso aos esgotos de Roma. Pois bem, mandei desprender a laje imediatamente. Ela está presa apenas por um fio.

TIA

(*surpresa*)
Por um fio...

AVÓ

Trate de entender rápido. Quero dizer que um nadinha bastaria para fazê-la desabar. Ouça-me depressa, vamos, Varius já vai chegar. Assim que ele vir os generais, as Legiões, às quais ordenei que se juntassem sob aquela janela, eles vão aclamá-lo. Os soldados vão exigir que ele apareça na janela. Ele irá até ali, sem suspeitar de nada.

TIA

E cairá no esgoto gritando? Mas então não posso ficar aqui!

AVÓ

Você está com medo. E não terá forças para pegar seu filho nos braços e mostrá-lo aos soldados? Está bem. Pode deixar isso comigo — eu o levarei. E você vai ficar aqui. Faço questão. A mãe precisa ser vista ao lado da avó.

TIA

Vou ficar, mas estarei morta de medo, em pé ao seu lado.

AVÓ

Prefiro você morta e em pé do que viva e deitada. Mas veja, minha filha, não precisa temer nada. Lembre-se do áugure: ele disse ainda hoje de manhã que Varius Heliogábalo morreria em breve, e de morte infame. Sem que ninguém suspeitasse de nós, mandei divulgar o oráculo assim que compreendi que poderia tirar vantagem da laje solta. Eis aqui a morte abjeta: afogar-se no chorume de Roma.

TIA

Mas o sofrimento dele será atroz.

AVÓ

Para onde foi meu bicho? Estou preocupada. Não, ele sofrerá por pouco tempo. (*Virando-se para a coxia à esquerda.*) O que você quer? Vá embora. Não precisamos de você. (*para a Tia*) Sim, como eu estava dizendo, por pouco tempo ele sofrerá. O fedor o asfixiará no ato. (*Aproxima-se da sacada.*) Sinta só o cheiro, inspire, já está fedendo. No fundo, Varius é apenas um menino, porém inflado por um Império e por um céu. Esses céus o distorcem. Deixam-no disforme. Estar diante dele é estar diante de um monstro,

e é preciso livrar-se dele como se livra de um monstro. (*para a coxia à esquerda*) Você quer o quê? Hein? Ah, ele está vindo? Ótimo, abra a porta. (*para a Tia*) É Varius, com sua mãe. Você vai se comportar direitinho, querida?

TIA

Fique tranquila, mamãe.

(Entra Heliogábalo, com a Mãe. A Tia faz uma grande reverência.)

HELIOGÁBALO

Bom dia, titia. Bom dia de novo, avó. (*Olha em volta.*) Aqui estou eu, neste famoso Salão Setentrional. Mamãe quis me acompanhar junto das delegações. E eu não escutei os conselhos que ela me deu. Todo mundo saiu chateado.

TIA

Bom dia, Varius.

HELIOGÁBALO

Mas é isso que a sua reverência[2] já queria dizer, minha tia. E onde você deixou meu priminho? Você ficou sabendo pela vovó, ela lhe disse que devo envenenar todos vocês. Assim como vocês mesmas devem me matar. Mas vocês serão mais rápidas que eu. Principalmente ela *(aponta para a Avó)*, ela sabe agir com essa lucidez prodigiosa, essa prontidão, essa precisão de movimento, essa escolha requintada do momento que as loucas têm ao tentar escapar de seus guardiões. Mas estou acima de vocês por ser deus soberano do Sol e por ter um parentesco misterioso com a morte...

TIA

O que você quer dizer, Varius? Ninguém pensa em...

MÃE

Claro, ninguém pensa em... Ele está brincando, querida. Olhe só para ele. Veja seu sorriso. Acha que é o sorriso de um torturador?

TIA

Oh, desculpe-me, estou nervosa, meu sangue me subiu à cabeça.

HELIOGÁBALO

Não é para tanto. Sim, estou brincando e não serei desleal a ponto de usar meus poderes sobrenaturais contra vocês. Que tal meu vestido?

TIA

Você sempre se vestiu com muito bom gosto. Cai bem em você, exceto pelas pregas laterais, que estão um pouco soltas.

HELIOGÁBALO

Você me critica por eu ainda não ter a sua cintura e acha que o vestido das cortesãs cai perfeitamente bem em mim?

AVÓ

Varius, você é insuportável. Sua tia não deixa de ser sua tia.

HELIOGÁBALO

Oh, você é maçante. Não posso dizer uma palavra sem você me reprimir. Você me cansa.

AVÓ

Tenho setenta e dois anos. Você deveria perguntar a mim se não estou cansada.

HELIOGÁBALO

Descanse. Você tem casas de campo espalhadas por todo o Império. Vá para o litoral.

MÃE

Varius, deixe sua avó. Já passei por abalos o suficiente por hoje, poupe-me ao menos das brigas familiares de sempre. Não aguento mais ver vocês se atracarem.

AVÓ

Você sempre fica do lado dele. Você é responsável por grande parte dos maus hábitos dele.

MÃE

Estou do seu lado, não do lado dele. (*Provavelmente trazido por um tutor até a porta da coxia à esquerda, o priminho de Heliogábalo entra.*) Que surpresa, meu sobrinho, bom dia.

(A criança vai até Heliogábalo e se curva diante dele. Heliogábalo a toma em seus braços e a beija.)

HELIOGÁBALO

Bom dia, menino. Tem se comportado? (*Põe a criança no chão.*)

AVÓ

Espero que a discussão não continue na frente da criança...

HELIOGÁBALO
Não. Não vamos insistir, eu amo as crianças. Uma pena eu não poder tê-las. Do meu céu, onde elas vivem na forma de flores ideais, eu as faço brotar na terra!

MÃE
Você?

HELIOGÁBALO
Sim, isso a deixa sem ar. Sei o que está pensando. Vejo com meus próprios olhos o que você está pensando. (*para a Mãe*) É em Aeginus, não é? Pobre coitada, você nunca entende nada sobre nossa amizade nem sobre meus desejos.

MÃE
E como não, Varius? Uma mãe nunca deixa de ser mãe, ela aceita tudo.

HELIOGÁBALO
Eis a palavra que todas as mães proferem através da voz de um mensageiro clandestino, que é um bandido qualquer, ao seu filho, na prisão, quando ele matou e roubou. Elas aceitam, mas sem entenderem nada. Você aceita Aeginus.[3]

MÃE
Onde está ele?

AVÓ
Oh, não, deixe aquele gigolô onde ele está. Fiquemos um instante a sós, pelo menos uma vez, apenas entre nós, que nos deixem em paz.

HELIOGÁBALO

Você tem razão, velha. Aeginus é de fato da minha família, mas de linhagem diferente. Ele não teria nada a fazer aqui, no meio das saias de vocês, se eu não soubesse que, ao mandar chamá-lo, proporcionaria imenso prazer à minha mãe e à minha avó.

MÃE

A mim?

AVÓ

A mim, prazer? Não consigo nem olhar para ele. Muito menos para aqueles olhos de aventureiro...

MÃE

Aqueles olhos de aventureiro...

HELIOGÁBALO

(*para a Avó*)

Você ainda vai agradecê-lo, a não ser que eu esteja muitíssimo enganado. (*para a Mãe*) E você, não deixe de amá-lo no momento em que seu amor gritar. Isso é perfeitamente natural. Tenha a bondade de mandar um escravo até o peristilo, ele deve estar lá, mas não se atreve a subir. A família imperial romana ainda o intimida um pouco. É preciso domá-lo. Peça a ele que venha.

(Diz isso enquanto conduz a Mãe para fora e retorna.)

Minha mãe está louca de paixão, coisa da idade. Já eu sonho com outras coisas. E uma delas é conduzir (*baixa a voz*), cuidado com os ecos, conduzir este Império à ruína. E se, como dizem nas universidades, o Império Romano é o mundo, conduzir o mundo ao nada. É um jogo

requintado. Para começar, esta noite a notícia da minha doação para putas e ladrões se tornará pública. Amanhã começará a partilha.

AVÓ

Varius, estamos aqui entre nós. Só nós. É extremamente urgente que você reflita mais antes de se decidir. Você vai perder tudo.

HELIOGÁBALO

Acredita mesmo, velha?

AVÓ

Ora, pense comigo. Você vai nos indispor com nobres e maltrapilhos, com marginais, que vão nos desprezar depois dessa bela jogada.

HELIOGÁBALO

Tem certeza?

AVÓ

Ora, reflita. Até sua mãe lhe diria isso em pessoa, pergunte a ela.

HELIOGÁBALO

Pois muito bem. Melhor ainda. É desprezo o que eu quero.

AVÓ

Mas que demônio faz você...

HELIOGÁBALO

Nem tente descobrir qual. Não vá agora se intrometer, buscando os segredos volúveis em minhas ações, grande e nobre velha. Lançar um olhar sobre mim significaria perder-se, talvez sem volta, em um mundo sem esperança.

Contente-se em travar guerra contra mim. (*de repente, muito alto*) Enfim, senhoras, apesar de todas as suas explosões, não se esqueçam de que eu sou a forma visível do Sol aqui. E que meu magnífico duplo, minha grande alma de luz, habita o mundo dos deuses, onde todos os sentimentos são terríveis, onde heróis acasalam com cabras, onde deusas são penetradas por pássaros, onde deuses se transformam em flores, onde se mata, onde se nasce de um morto, onde se renasce em forma de rio. Em suma, para todos os efeitos, eu pertenço à mitologia.

AVÓ

Mais que ninguém, Varius, o Sol Negro da Síria, me faz tremer de medo, mas suas loucuras infantis me fazem gritar de raiva. Você foge de seu esplendor. Seu Sol é um astro morto. Nós caímos e caímos. Mas eu estou desperta. Sou a Torre Alta. O soldado em sua guarita. Peço-lhe mais uma vez que aguarde antes de oferecer seus bens às prostitutas e aos mendigos.

HELIOGÁBALO

Impossível. Voltar atrás me aborreceria. Você me vê desfazendo algo que já fiz? Eu teria a impressão de estar correndo atrás de mim para me alcançar.

TIA

Você nunca pensa em nós...

HELIOGÁBALO

Dificilmente. A não ser para zombar de vocês ou mandar matá-los.

TIA

(Mostra o filho.)
Você zomba dessa criança também...

HELIOGÁBALO

Não, ela ainda não tem idade suficiente. Farei algo novo para as criancinhas. Um dia saberão de minha ternura e falarão dela, e também que um jardim de violetas atapetava o peito de Varius Heliogábalo.

TIA

(num tom humilde)
Enquanto isso, você nos despoja...

(Heliogábalo dá de ombros.)

(Ouvem-se aclamações pela janela. Depois, as aclamações se intensificam. A Avó olha pela janela, de longe.)

AVÓ

As Legiões estão aqui, Varius. Chamam por você, mas, como sempre, você não tem nada a lhes dizer.

HELIOGÁBALO

Perdão, senhora, hoje eles precisam me ver, pois estão esperando o gesto que indica minha aprovação da eleição de agora há pouco. Bem sei que estão impondo esses centuriões a mim, mas não há nada que eu possa fazer. Pois fique sabendo que, se eu quiser levar o Império à ruína (e digo isso baixinho porque nada me garante que você não tenha mandado instalar novos ecos nesta sala secretamente, já que você é tão sabida, velha), se for para levar o Império à perdição, devo permanecer mestre até o fim. E o Império soçobrará. E, como um velho capitão, o Imperador

de pé se deixará engolir! Agora vou apresentar às Legiões... (*Vai em direção à janela, mas...*)

MÃE

(*Entra gritando.*)
Mãe, aqui está o seu guepardo, trouxeram-no de volta à senhora. Foi Aeginus quem o encontrou na rua, debaixo da chuva. Estava vasculhando o lixo com o focinho.

(Entra Aeginus. O guepardo, preso em uma coleira pela Mãe, foge e pula na Avó, que o acaricia.)

AVÓ

Vamos, seu maluco, fique calmo.
Obrigada, Aeginus...

HELIOGÁBALO

(*Ri.*)
Finalmente! Eu não lhe disse? (*para Aeginus*) Eis o agradecimento do pilar do Império a você, Aeginus.

(Afasta-se da Avó e do animal e vai até Aeginus.)

Bom dia de novo, Aeginus, minha segunda alma bela. Eu estava impaciente por não ter você ao meu lado. Minha mãe também estava ansiosa para vê-lo. E minha avó é grata a você. Você entrou para a família. Minha mãe o adora. Ela não quis esperar nem mais um segundo quando soube que você estava no peristilo. Enviou um escravo para buscá-lo.

AEGINUS

Tive a honra ser chamado pela própria princesa.

HELIOGÁBALO

(*Ri.*)
Hahaha! Mas é claro. (*para Aeginus*) Você está bem?

AEGINUS

(*baixo*)
Muito bem. Ele está mordido.

HELIOGÁBALO

Bom. Um minuto. Vou aparecer na sacada para tranquilizar as Legiões. Elas estão chafurdando na chuva há uma hora. (*para as mulheres*)
E vocês vão ficar atrás de mim. Meu vestido está bom?

(De repente, um toque alto de clarim e clamores ainda mais altos chamam por César. Heliogábalo caminha em direção à janela, mas com o barulho o guepardo, num único pulo, projeta-se sobre a laje, que desaba. O guepardo cai no fundo do fosso, urrando. Heliogábalo parou bem na borda do fosso. Todo mundo fica paralisado por um momento.)

TIA

(*Grita.*)
Deuses! Esse grito! (*Tapa as orelhas.*) Oh, pobre bicho!

AVÓ

Meu guepardo, meu guepardo! (*Inclina-se sobre o fosso.*)

HELIOGÁBALO

(*nervoso, agitado*)
Mas o que é isso que foram tramar? O Palácio inteiro é forjado como um teatro. Em um salão, instalaram os ecos; se eles não funcionam,

mandam abrir alçapões sobre fossas de chorume. É isso que fazem na minha família! Agora eu deveria estar boiando ali, como o feto de uma mãe solteira! Além do mais, esse é o fim que um César romano há de ter. Mas não imediatamente! Não, velha, não, não. Hoje, não. Você não vai me pegar. (*para Aeginus*) Aeginus, está vendo? Você está vendo para onde aquelas duas bruacas tentaram me mandar?

MÃE

Ora, Varius, cale-se. Não grite assim na frente de Aeginus, na frente de um estranho.

HELIOGÁBALO

Ele está feliz por ser um estranho em uma família soberana. Corre menos risco de mergulhar no mijo de guardas, criados e mulheres. (*para a Avó*) E você, pare de ficar agachada sobre esse fedor, você é obscena. Seu bicho não vai voltar dessa fossa, nem mesmo o pálido fantasma dele. (*Ele a sacode.*) Olhe para mim, para mim; ainda estou vivo!

AVÓ

(*Levanta-se.*)
Do que você está me acusando, Varius?

HELIOGÁBALO

Ah, não, eu lhe peço, esses disparates não, de jeito nenhum. Eu a admirava, apenas quanto fosse necessário, naturalmente, em suas magníficas maldades, mas quando seu golpe não dá certo não pode ser tão baixa.

AVÓ

Pois bem. E agora? E se fui eu que abri a laje?

MÃE

A senhora, mãe? E o que quer dele? Mas isso é horrível, a senhora está louca! Abrir armadilhas mortais sob os pés do Imperador! Não estou entendendo nada.

(Ouvem-se as Legiões, chamando Heliogábalo na sacada.)

HELIOGÁBALO

(*para a Mãe*)
Pobre moça! Mande sua irmã explicar para você. Ela com certeza entendeu.

MÃE

Talvez você a esteja acusando injustamente...

AVÓ

De jeito nenhum, de jeito nenhum, ele tem razão. Para mim, já chega! Já chega! A mais forte serei eu. (*para Heliogábalo*) Você provavelmente acredita que já estou morta? Não, meus queridos! Sou a grande mulher da casa. Aeginus! Vá-se embora, meu querido, e deixe-nos a sós.

(Diante da grandeza da anciã, Aeginus está prestes a se retirar, mas Heliogábalo o impede.)

HELIOGÁBALO

(*para Aeginus*)
É sua majestade que o paralisa? Você me deixaria? Você, minha solidão?

AEGINUS

(*recomposto*)
Estou aqui, Varius. Conte comigo.

(Ouvem-se ainda as Legiões chamando César.)

HELIOGÁBALO

Sim, fique bem perto de mim, acima de tudo. Sinto que nossos destinos se fundem. Estamos caminhando para uma espécie terrível de união. Proteja-me de todas essas fêmeas! Até mesmo de minha mãe, que ousa amá-lo. Elas adorariam me despedaçar. (*para a Avó*) Não, você ainda não está morta, velha. Se você falhou em seu golpe, eu também falhei no meu. Agradeça aos deuses por terem mandado seu guepardo para o chorume, pois daqui a pouco — ouça com atenção —, daqui a pouco você terá raiva. Raiva!

AVÓ

Raiva?

MÃE

De novo com essa história?

HELIOGÁBALO

Raiva, senhoras. (*para Aeginus*) Elas não entendem, essas infelizes. Explique para elas o que você fez.

(Ainda é possível ouvir os gritos das Legiões.)

AEGINUS

César me ordena, senhoras. (*Vira-se para a Avó.*) Seu guepardo se soltou da coleira há algumas horas, senhora. Um de meus escravos o capturou por um momento e fez com que fosse mordido por ratos raivosos que um sábio amigo mantém em sua casa. Depois, fingi ter encontrado o animal da senhora em um monte de lixo. Eu o estava trazendo de volta para a senhora quando encontrei (*Aponta para a Mãe de Heliogábalo.*). Creio, senhora, que seu animal a teria mordido esta noite se Varius Heliogábalo tivesse caído no fosso.

TIA

E meu filho ouvindo essas coisas!

HELIOGÁBALO

Como sucessor, faz parte da função dele ouvir isso. Esse aí é provavelmente filho de Caracalla.

AVÓ

(*Grita.*)
Se você não é filho de Caracalla, que noite terrível o pariu?

HELIOGÁBALO

Sou o filho da noite. Nascido da noite grávida pela verga monstruosa de um criador de porcos judeu, quem sabe. E eis a maravilha: eu, pequeno plebeu sem nobreza (*voz abafada*), eu, o selvagem, eu, o obscuro, nascido da coxa de um zé-ninguém, justo eu fui escolhido para ser o sucessor dos imperadores romanos. Você me inseriu clandestinamente na púrpura tíria...

TIA

Uma criança de cinco anos em meio a esses horrores. Vou embora.

AVÓ

(*imperiosa*)
Fique, estou lhe pedindo. E deixe seu filho. E, principalmente, não comece a ter uma crise nervosa. Isso é comum na família, mas não é um bom momento.

(As Legiões continuam gritando e chamando Heliogábalo.)

(Um guarda do Palácio entra correndo, sem fôlego, e gritando.)

PRIMEIRO GUARDA

Varius, as Legiões estão invadindo o Palácio! Esperaram o senhor na sacada, debaixo de chuva, mas o senhor não apareceu. Os soldados estão furiosos. Os chefes os incitam. Não há nada que possamos fazer para acalmá-los. Estão falando em degolar o senhor.

HELIOGÁBALO

Então vou falar com eles imediatamente.

PRIMEIRO GUARDA

Não vá, César. Estão cegos de fúria. Terríveis. Dispostos a fazer tudo contra o senhor. Vinitius é o mais descontrolado.

HELIOGÁBALO

Se eles me virem...

PRIMEIRO GUARDA

Vão matá-lo.

AVÓ

(*assustada*)
Os ecos! Acabaram de gritar às Legiões que você não é filho de Caracalla.

HELIOGÁBALO

(*para a Avó*)
Ah! A senhora alcançou seu objetivo infernal! Pústula! Se me matarem, eles a matarão comigo. Roma irá para aquele idiota do Macrino[4] ou para outro que fará a sua grandiosidade. Não dou a mínima.

(Um segundo guarda chega correndo.)

SEGUNDO GUARDA

César, fuja, eles estão aqui. Passaram pelo segundo pátio.

HELIOGÁBALO

(*em pânico*)
O que devo fazer? Aeginus! Aeginus, você está aí? Responda-me. Não enxergo mais nada com essa fumaça. O que devo fazer? Sair? Sim, sim, venha rápido. Venha só você comigo. Deixe as mulheres os enfrentarem. Os soldados e as mulheres sempre encontram um jeito de resolver as coisas.

(Em seguida, ele se acalma como se tivesse sido chicoteado.)

Espere!

*(Heliogábalo dá voltas no recinto como um cão de guarda. Gira e levanta os braços. Lembra o rodopio dos dervixes.)**

(*olhos fechados e voz abafada*)
Atenção! (*um silêncio*) (*Todos prestam atenção, param. Ninguém fala.*) Sol, meu pai! Meu! (*Todo mundo tem medo.*)

(Ele espera, ansioso, pelo deus que não vem. E continua a girar. Ouvem-se as Legiões. Finalmente ele para. Toda a invocação durou vinte segundos. Por fim, abaixa a cabeça.)

Meu pai, por que me abandonou?

---

* Membros de uma irmandade religiosa muçulmana cuja prática consiste em girar em torno de si mesmos para atingir um estado de transe.

(Ainda se ouvem as Legiões. Heliogábalo parece largar ou recusar um peso terrível e, em seguida, conforma-se.)

(para a Mãe)
Meu pai, o Sol... (*Então, desperta completamente.*) Aeginus, escapemos, rápido. (*Procura uma saída e vai em direção à sacada.*) Por aqui, a gente pode descer até o corredor da sala de prata e chegar à passagem subterrânea. Ah! Mas não conseguiremos passar. Maldito guepardo! Então, só existe esta porta? (*Vai para a direita.*) (*para Aeginus*) Abra!

AEGINUS

Pode passar...

HELIOGÁBALO

(*Sua voz vibra.*)
Agora que perdi, soldados, eu posso muito bem gritar para todos os ecos...

AEGINUS

(*Coloca uma mão sobre a boca de Heliogábalo.*)
Cale-se...

HELIOGÁBALO

(*voz abafada*)
Você tem razão. Ainda não perdi. Só existe esta porta. Para onde ela vai nos levar? (*Saem pela direita.*)

AVÓ

(*para a Mãe aos prantos*)
Minha filha, fique em um canto, virada para a parede. Chore se quiser, mas sem dizer palavra. (*para o priminho de Heliogábalo*) Você, venha cá.

(*Pega-o nos braços.*) Depressa! (*para a Tia*) Você também, idiota. (*Elas correm para a esquerda.*)

(Ouve-se uma enorme algazarra de sandálias, lanças, escudos, na coxia esquerda. A Avó e a Mãe param no limiar, a Avó carrega a criança.)

AVÓ

(*imóvel*) (*O barulho cessa pouco a pouco.*) Soldados, Heliogábalo fugiu na frente de vocês. Sou a sogra de Caracalla[5] e a avó do Imperador, que carrego em meus braços. O Imperador de vocês os saúda!

(Alvoroço, hesitação. Por fim, um grito: "Viva César!". Depois, aclamações.)

AVÓ

Digam a seus chefes que venham a mim e aguardem aqui.

(Ouvem-se os soldados avançando na coxia.)

AVÓ

Vocês reconhecem esta criança como vosso Imperador?

SETE VOZES

Ave, César!

UMA VOZ

Mas Varius Heliogábalo não morreu.

AVÓ

Cabe a você, Vinitius, encontrá-lo e entregá-lo aos seus soldados. A morte dele é

responsabilidade sua. Ofereço garantia de vida e dez mil sestércios a quem encontrá-lo.

(Mostra a Mãe de Heliogábalo, que chora.)

E esta aqui teve o impudor de fazê-los acreditar que o filho de um vaqueiro era o filho do Imperador de vocês.

SOLDADO

(*suavemente*)
Maldito impostor.

CORTINA

ATO

IV

Aposentos dos empregados. À direita, as latrinas, um degrau acima.

AEGINUS

(*Sozinho, parado próximo de uma janela muito estreita. Olha para fora; é noite.*)
A chuva não para. A noite já caiu quase completamente. Eles se acalmaram. (*um momento*) Ainda deve haver algumas patrulhas à procura.

VOZ DE HELIOGÁBALO

O que você está dizendo? Não ouço direito. Encontrei mais uma, veja só esta: "Aqui, escrevo em uma estrela o nome de Lavinius". Outra à esquerda, um coração atravessado por uma flecha e, logo abaixo, "M. R.". Está muito escuro, não consigo decifrar o resto. Mas, você tem de admitir, cada coisa adorável que se encontra aqui... Ah! Mais uma, é um falo ereto. Há uma espécie de faixa em volta dele, onde se lê: "Trabalho por duas moedas de prata", assinado "Epius". Quem poderia ser esse Epius? Não me lembro de nenhum escravo com esse nome no Palácio. E olhe que conheço todos eles, afinal, eu mesmo os escolhi. Está me ouvindo, Aeginus?

AEGINUS

(*pensativo*)
Sim, sim, eu também não conheço.

VOZ DE HELIOGÁBALO

Tem outros, mas está tão escuro! Na parede, os desenhos e as inscrições me dão a impressão de teias de aranha. Tudo isso me enoja um pouco. Ah! Espere, aqui está meu nome. Oh, escreveram de uma forma bizarra. Escute: "Para Varius Heligilb...", o resto está apagado, e o desenho

realmente não sei dizer o que é. (*um momento*) Realmente, não consigo enxergar mais coisa nenhuma, mas sinto que essas inscrições de amor estão todas vivas. E não tenho mais coragem de rasgar as redes que sinto tecerem em torno da minha cintura, das minhas pernas, dos meus braços. Em torno do meu peito. Se você não vier me buscar... Aeginus!

AEGINUS

(*aéreo*)
Estou aqui.

VOZ DE HELIOGÁBALO

Você está aqui. E todos esses escravos, acorrentados durante o dia, em determinado momento vieram até aqui, pacatos, e com toda a naturalidade, agachados ou em pé, gravaram na parede com suas unhas gastas essas frases maravilhosas que acabei de dizer para você. (*Sai da latrina.*) Acredite em mim, estou com dificuldade de sair desse fosso. Por sorte você está aqui para me tirar com a simples força[1] de sua presença atrás da porta.

AEGINUS

(*enfático*)
Fale baixo... Ouvi passos embaixo da janela.

HELIOGÁBALO

Sim, estou falando baixo. Baixinho. Baixinho, mas profundamente. Você compreende; sinto que estou afundando nas profundezas desta noite. Entendo um pouco melhor o que eu procurava nas minhas escapadas do Palácio, nas espeluncas, nas roupas exageradas que roubei das prostitutas e dos bandidos: era o mesmo

aniquilamento nas profundezas de uma noite reconfortante.

AEGINUS

O que você quer dizer, Varius?

HELIOGÁBALO

Não se preocupe com isso: vou cantar. Ouça-me cantar. Eu mostro a você a minha embriaguez a torto e a direito. A marca dessas enormes mãos negras, estampadas na parede, os polegares terríveis; os nomes embelezados desses escravos, seus apelos brandos, no fim das contas, seus desenhos ingênuos e sutis! E repare que não se esqueceram de mim, meu nome também lança um brilho no meio dessa orgia. Aeginus, esta é a glória que eu desejava sem saber: meu nome e meus títulos, um e outro deformados, transformados, fazendo caretas ou sorrindo, como bem entenderem, no meio deles e por eles acompanhados — poemas e desenhos obscenos, que todo mundo julgaria abjetos, nas paredes das latrinas usadas pelos escravos. Esse é exatamente o culto fálico que, só mais tarde entendi, não se deve celebrar ao sol do Capitólio com a pompa habitual dos outros deuses. Esses mistérios são encenados na sombra. O incenso deles é o cheiro relaxante que sobe do esgoto onde você está... Ei, o que você tem? Vai ficar aí parado, todo pensativo e acabrunhado? Não está muito arrependido de ter me seguido, não é? (*um gesto impaciente de Aeginus*) Não por ter me seguido até aqui, nas latrinas dos empregados, mas ter me seguido na minha aventura total. Em outras palavras, pela ousadia de ter deixado seu circo e seus cavalos, por ter deixado suas amantes, por ter amado Varius, por ter ajudado César a matar

a avó dele e, assim, por ter perdido seu belo porte de homem humano.

AEGINUS
Não. Não me arrependo de nada. Como você diz, essa aventura me ensinou muita coisa. Especialmente isto: devo superar você na abjeção.

HELIOGÁBALO
E daí?

AEGINUS
Daí, nada.

HELIOGÁBALO
Você disse isso em tom de ameaça. E com uma cara feroz. Aeginus, você está correndo o risco de perder a cabeça, e a violência está muito perto da beleza. Você está arquitetando um lindo gesto brutal.

AEGINUS
Não se preocupe, garoto, ainda amo você, mas...

HELIOGÁBALO
Você me ama, mas... eu perdi meu prestígio.

AEGINUS
Não totalmente, já que basta eu lembrar que você foi Imperador de Roma e deus do Sol para você me dominar. Você tem um passado.

HELIOGÁBALO

Você terá um passado logo que deixarmos este reduto. Nós dois viveremos em Subura* por um tempo, depois nos separaremos: você terá sido amado por Heliogábalo, esse cão acabado.

AEGINUS

O que você vai fazer?

HELIOGÁBALO

No porto, vou embarcar em uma feluca. Vou para a terra dos negros. Farei comércio. Venderei amuletos sírios[2] para eles. Você certamente pensa que não sou homem para reconquistar meu Império e meu céu. Garotos como eu só sabem promover a anarquia e, enquanto são crianças, têm a pachorra de brincar com coisas sagradas. E você, o que pretende fazer quando me deixar?

AEGINUS

(*Escuta atentamente.*)
Não fale tão alto. Garanto a você que ouvi passos. Você sabe que a velha prometeu garantia de vida e mil sestércios[3] a quem o matar... Você a ouviu dizer isso enquanto saía...

HELIOGÁBALO

E depois...

AEGINUS

E depois? Devem estar procurando você em todos os lugares.

---

* Subura ou Suburra era um subúrbio pobre e mal-afamado da Roma Antiga, localizado ao norte do Fórum.

HELIOGÁBALO
Você ainda está com medo? Melhor assim. Tenho horror à bravura. Adoro sua covardia.

AEGINUS
Varius!

HELIOGÁBALO
Minha bonequinha de porcelana! Cocheiro das coxas troncudas! Proxeneta dos olhos encantadores! Bêbado que voa! Pugilista duro!

AEGINUS
Qual é a graça?

HELIOGÁBALO
Minha doce loucura! Minha rosa dos ventos! Minha máscara branca! Minha canção! Meu pastor!

AEGINUS
(*Sacode-o brutalmente.*)
Você está ficando louco! O que está fazendo?

HELIOGÁBALO
Esquecendo Roma. Abandonando Heliogábalo. E chorando sobre os poderes que perdi.

AEGINUS
Ah! Então, está arrependido...

HELIOGÁBALO
Que tom triunfante! Lamento o poder que eu tinha de decair ou — se preferir — aquela possibilidade de cair. E de arrastar comigo, até o meu inferno, um mundo ensolarado. Agora, só tenho a mim mesmo. Será necessário extrair tudo de dentro mim. Contanto que eu não me veja reduzido a me

tornar inteligente. Isso realmente seria a pior desgraça que poderia me acontecer.

AEGINUS
Que horas devem ser agora?

HELIOGÁBALO
Não faço ideia. Quase todas as luzes de Roma estão acesas. E a chuva continua. A cidade ainda não deve saber nada sobre a minha morte. Nem sobre a eleição do meu priminho. Ficará sabendo de tudo isso pouco a pouco, em pequenas ondas. Minha avó, aquela velha vadia, é prudente. Ela o impressionou?[4] Confesse! E se, aos seus olhos, não tenho mais prestígio, é porque eu amo você.

AEGINUS
Fale de outra coisa, faça um esforço. Você tagarela como uma matrona, mas, na maioria das vezes, diz menos que ela. Fique aí. Vou conferir as escadas para ver se podemos sair.

HELIOGÁBALO
Você vai me deixar completamente sozinho...

AEGINUS
Vou descer as escadas e já volto.

HELIOGÁBALO
É claro. Você volta se houver alguém. Se não encontrar ninguém, não vai perder seu tempo vindo me buscar. Passe direto.

(Baixou a voz e se colocou em frente à porta, à esquerda.)

AEGINUS
Ora, fale mais baixo, já disse que podem nos ouvir.

HELIOGÁBALO

Sim, é verdade. Esses ecos por toda parte. Que casa mal-assombrada! De qualquer forma, Aeginus, pode ir se quiser. Também tenho a impressão de que meu plano com você deu errado. Esta noite, estou cansado. Já estou quase sem forças.

AEGINUS

Pois então, não me irrite o tempo todo com isso. Você sabe que, aconteça o que acontecer, estou com você, não sabe?

HELIOGÁBALO

Seu rosto, seu corpo, não passam de uma enorme careta. Você também está indo para longe de mim. Mas creio que meu destino será viver na solidão. Posso vê-lo fugindo a uma velocidade louca em uma torrente de música enfeitiçada.

AEGINUS

Pare de devanear. Não temos tempo a perder.

HELIOGÁBALO

Perdoe-me, mas eu me dediquei tanto a você, cocheiro...

AEGINUS

(*Sacode-o.*)
Cocheiro!

HELIOGÁBALO

(*com um gesto de medo*)
Agora estou com medo. Aeginus, você não é mais meu amigo?

AEGINUS

Deixe-me passar. Vou lá conferir. (*Empurra Heliogábalo e passa.*) Vou voltar. (*Sai para a esquerda.*)

(*Heliogábalo fica sozinho.*)

HELIOGÁBALO

(*Fica em pé por alguns segundos, depois se agacha no chão.*)[5]
Estou cansado. Esgotado. Não aguento mais.

(*As luzes do palco e da plateia se apagam. Escuridão absoluta. Um alto-falante colocado no fundo da sala, atrás dos espectadores, recitará o que se segue.*)

VOZ NO ALTO-FALANTE

A tripulação é brutal, ela xinga cospe... e eu parto,
viu, capitão? aqui está outro porto... o vento uiva
nas velas negras... o vento uiva para a minha
morte... Aeginus o céu está desbotado seus olhos as
cinzas dormir... sobre a areia... o milagre escapou
o massacre o sangue... a morte o vento quem será
o juiz... o juiz eu condeno à mendicância eterna...
É a minha vida breve o guepardo que se ergue
direto da tumba... o guepardo que voa acima
da fumaça... o Sol meu pai o milagre morto...
Aeginus minha mãe Aeginus no fundo do mar
estou lá senhor... a tripulação é brutal... tripulação
Majestade eu farei Vossa Majestade morrer de
vergonha... tanto... tanto... é minha vida breve que
se apresenta a mim no fio do meu sono... você vem
minha morte interrompida o templo!... o templo!...
o eco a postos na minha cabeça... Aeginus minha
cabeça. Içar as velas negras... como um velho
capitão... o Império ondula e a onda o acalma...
o acalma... fique calmo guepardo...

(A voz se contém.)

Deite-se, vou operá-lo. Então, quem é exatamente meu pai? O Sol um criador de porcos que cheira a estábulo incinerado o ventre das vacas e das porcas verdes... Como foi longo esse dia. Estou extenuado. Longo como a morte de um enforcado. O milagre não veio. Quem é então o deus do Sol? Heliogábalo não sou eu. Quem sou eu, então? Ó! Senhor, como tenho os olhos vermelhos de vergonha: não sou o deus do mundo. O que é deus? Heliogábalo, de que profundezas você emerge? Finalmente me sinto desatando as faixas sagradas que me envolviam.[6] Vou acordar nu. Eu terei nascido!

(Um momento. E a voz retoma.)

E esse dia! Esse dia terrível, cansativo. É verdade que eu mesmo planejei tudo. Sem perceber, eu me conduzi até aqui. Fiz tudo o que era preciso e nem sabia de nada.

(um momento)

Aeginus, suba, suba... você ou seu fantasma pálido do fundo do poço... suba...

(O palco se ilumina. Heliogábalo está na mesma posição em que estava quando as luzes se apagaram. Um momento. Aeginus entra pela porta da escada, muito calmamente. Ele ouviu "suba".)

AEGINUS

Sim, estou subindo. É impossível passar por ora. Está chovendo torrencialmente. Fui até a grade do pátio. No vestíbulo, empregados estão brincando com ossinhos na laje. Não parecem estar bêbados. Está vendo, eu voltei.

HELIOGÁBALO

Você não poderia passar pela grade nem pelos empregados. Você sabe muito bem que está longe de ser um homem invisível.

AEGINUS

Lá vem você com suas histórias de novo. Seria melhor me ajudar. Vamos tentar passar pela janela. Aproxime-se. Escale.

(Heliogábalo sobe nas mãos de Aeginus, que está encostado na parede. Ele olha para fora.)

AEGINUS

O que está vendo?

HELIOGÁBALO

Absolutamente nada. Está muito escuro, muito escuro, demais.

AEGINUS

Mas logo abaixo de nós...[7]

HELIOGÁBALO

Não. Nada. Espere um pouco. Fique calado. Estou ouvindo alguém falando próximo à parede, mas não dá para entender. Até porque ainda não estou vendo nada. Você não está cansado?

AEGINUS

Não. Olhe.

HELIOGÁBALO

Acho que é impossível passar por aqui, sabe, me parece alto demais.

AEGINUS

Vamos fazer uma corda amarrando nossas roupas uma na outra.

HELIOGÁBALO

Ah, agora estou vendo tochas. Espere. Estão falando um pouco mais alto.

(Escuta, depois pula.)

Desta vez seremos pegos. Eu os ouvi. É uma tropa de legionários. Disseram que ainda não haviam inspecionado os aposentos dos empregados. Eles certamente vão subir. O que devemos fazer?

AEGINUS

Tem certeza de que disseram isso?

HELIOGÁBALO

Pois estou lhe dizendo. Não há outra saída? A escada termina aqui?

AEGINUS

Não vamos ter tempo de pular[8] pela janela.

HELIOGÁBALO

Você acha que vão nos matar?

AEGINUS
Você tem dúvida? Você continua a delirar. Nunca, nem mesmo diante da morte, você sairá do seu devaneio!

HELIOGÁBALO
Então, se tudo está perdido, por que você fala comigo dessa maneira? Seja mais delicado. Seja bondoso.

AEGINUS
Agora você pede por bondade. Exige isso de mim. Onde foi parar a sua dureza?

HELIOGÁBALO
Será que você não entende que agora sou um homem, um mortal,[9] e que tenho direito a um pouco de carinho? Que talvez eu esteja prestes a morrer? E você é o único que pode me dar isso.

AEGINUS
Chega de discursos, não quero ouvir discursos. Fui louco ao seguir você, mas preciso fazer uso da minha loucura.

(Faz um terrível gesto de ameaça.)

HELIOGÁBALO
O que você vai fazer?

AEGINUS
Pronto, já estão abrindo os portões. Eles vão subir. O que vou[10] fazer? Você não faz a menor ideia?

HELIOGÁBALO
Eu gostaria de ouvi-lo dizer. Ouvir sua boca de máscara de gesso me condenar à morte. Suponho

que será mais difícil do que o gesto de me estrangular.

AEGINUS

Mas é você quem está me levando ao desespero. Em vez de me ajudar...

HELIOGÁBALO

Ajudar a fazer o quê? A tirar você do pesadelo em que você, um cocheiro de circo, se vê trancado nas latrinas dos empregados com o Imperador de Roma e o deus do Sol? Este sonho não acaba. É mais fácil engolir uma bola de ar, vasta como o mundo, do que engolir o sonho.

AEGINUS

Você acabou de dizer, eu era apenas um cocheiro. Já você queria destruir o seu Império. Pois, para mim, destruir o meu império significa ganhar o seu. Você devia cair, e eu, escalar.

HELIOGÁBALO

Imagens fáceis, mas por elas entendo que eu estava sozinho enquanto imaginava que você estava comigo. Era reinar o que você queria? Intrometer-se em assuntos políticos? Ser ministro?

AEGINUS

Por que não? Eu era um homem, afinal.

HELIOGÁBALO

Não precisava dizer que me amava.

AEGINUS

Mas eu amava você. Eu amava o Sol na terra. Ao seu lado, eu estava a cada minuto roçando o mistério do deus transformado em homem.

HELIOGÁBALO

Você[11] sabia muito bem que eu não era filho de Caracalla.

AEGINUS

Se você dizia ser, você era.

HELIOGÁBALO

(*Presta atenção.*)
Está ouvindo? Eles estão subindo. Vão nos matar, a nós dois, Aeginus. Você também não vai escapar...

AEGINUS

A menos que...

HELIOGÁBALO

Acabe com isso! Acabe com isso! Mate-me! Escapei a uma morte na fossa graças à morte da velha em forma de guepardo. Mas não vou me safar da morte em forma de mãos unidas. Mas você tem certeza, Aeginus, de que o deus que eu sou não fará você cair duro se ousar tocar seu pescoço?

AEGINUS

(*Tem medo por um breve momento; depois retruca, com força.*)
Tenho certeza de que não! Você era deus. Todos nós estávamos certos, no circo, de que você era deus. Certos, sim. Mas ninguém acreditava nisso. Costumávamos vê-lo descer à noite, como um espreitador, nos bordéis. Tinha-se a vaga ideia de que você se desdobrava em dois. Isso era outro mistério ainda. A impostura era magnífica. Mas faz alguns minutos[12] que estou olhando para a ruga em sua têmpora, no canto do olho, e é a mesma que os ladrõezinhos dos subúrbios têm.

HELIOGÁBALO
Nesse caso, não seja por isso...

AEGINUS
Não caçoe, você só consegue me irritar... sua mesquinhazinha imunda...

HELIOGÁBALO
E você, cocheiro, o que vai fazer comigo?

AEGINUS
Ora essa, eu sou obrigado a fazer isso. Com seus ardis e seus encantos, você me arrasta para uma história maluca, onde a morte está em toda parte. E eu, um simples cocheiro, me deixo levar, eu fujo. E aonde vamos parar? Capturados como ratos no fundo de uma latrina.

HELIOGÁBALO
(*calmo*)
Não grite. Você quer me matar? Nesse caso, faça isso em silêncio. Mate-me e vá destruir o mundo afora. Suceda-me...

AEGINUS
Como você é louco.

HELIOGÁBALO
Mate-me em silêncio (*Dá um passo para trás, em direção à porta da direita, onde ficam as latrinas.*), em silêncio, porque agora preciso de um pouco de beleza. Sempre se precisa de beleza quando se lida com o sagrado, e este instante é sagrado.

AEGINUS
Estão subindo! Cale a boca, vadia! Estão subindo!

(Toda essa cena se passará em silêncio. Aeginus avança em direção a Heliogábalo, que continua a recuar para as latrinas. Aeginus o empurra. Ele tomba e começa a cair. Sua cabeça e seu peito não são mais visíveis para o público, mas é possível sentir que Aeginus o está degolando. Heliogábalo cai de fato dentro das latrinas.)[13]

(Ouve-se na escada os homens armados subirem. Os clarões das tochas passam pela porta da esquerda.)

AEGINUS

(Aparece descabelado. Fica em frente à porta da esquerda. Está perturbado.) Senhores, senhores, não entrem. Varius Heliogábalo está morto. Cheguei antes dos senhores. Eu o enfiei nas latrinas: eu o matei. Aqui está ele, olhem. (*Mostra o corpo.*) Vou lhes mostrar. (*Puxa o cadáver de Heliogábalo pelos pés e o leva para o meio do palco.*) Aqui está. É ele mesmo, não é? Os senhores o reconhecem!

(Aproxima-se da porta da escada, onde só se veem lanças, tochas e braços.)

(O cadáver de Heliogábalo é removido[14] pelos pés.)

CORTINA

FIM

NOTAS

PREFÁCIO

1 Ver DICHY, Albert e FOUCHÉ, Pascal. *Jean Genet matricule 192.102. Chronique des années 1910-1944*. Paris: Gallimard, 2010. Coleção Les Cahiers de la NRF.

2 Ibid., pp. 323-24. Ver também WHITE, Edmund. *Jean Genet*. Paris: Gallimard, 1993, pp. 191-92. Coleção NRF Biographies.

3 O manuscrito autógrafo de *Héliogabale* é encabeçado pela menção "Fresnes-lès-Rungis, junho de 1942".

4 SENTEIN, François. *Nouvelles Minutes d'un libertin* (1942-1943). Paris: Le Promeneur, 2000, p. 278.

5 DICHY e FOUCHÉ, op. cit., p. 340.

6 À incerteza provocada pela perda material desses textos acrescenta-se o desconhecimento de sua história genética. Genet às vezes modificava os títulos, quando não inventava novos, com o intuito de renegociar os contratos com editores. (Ver KENNELLY, Brian Gordon. "À paraître/ Apparaître: Genet and His Press". *The French Review*, v. 68, n. 3, fev. 1995, pp. 466-76).

7 Segundo Barbezat, "o personagem de Heliogábalo o obcecava e, em 1944, em Décines, ele tocou várias vezes nesse assunto" (Ver GENET, Jean. *Lettres à Olga et Marc Barbezat*. Paris: L'Arbalète, 1988, p. 245). No entanto, Genet não havia assinado um contrato com ele para *Héliogabale*.

8 Ao relatar uma conversa com Genet, Marais afirma que este teria escrito (ou remanejado?) a peça para ele: "Você só alcançará a glória fazendo o papel de um homem feio. Vou escrever uma peça para você que se chamará *Héliogabale*". Marais lembra: "Eu era um idiota naquela época e, depois de ler a peça, disse a Genet que não tinha gostado. Ele me respondeu que a havia rasgado. Espero que não tenha sido por minha causa que ela desapareceu. Era certamente uma boa peça" (WHITE, op. cit., p. 217). Albert Dichy e Pascal Fouché apresentam uma versão ligeiramente diferente do relato: "Era uma verdadeira peça de teatro, bastante longa, com três atos e muitos personagens. Mas não gostei do texto. Talvez eu não tenha entendido nada. Eu tinha outros projetos e acabei

me recusando a atuar nela. Genet não me levou a mal; disse que eu tinha razão em ser exigente, que a peça era ruim e que iria rasgá-la" (DICHY e FOUCHÉ, op. cit., pp. 340-41).

9 GENET, Jean. *Lettres au petit Franz*. Paris: Le Promeneur, 2000, p. 103. François Sentein estaria em condições de cumprir sua missão? Fato é que o manuscrito (ou uma cópia) de *Héliogabale* foi vendido por Paul Morihien a uma livraria especializada em manuscritos autógrafos durante as décadas de 1950 e 1960 (WHITE, op. cit., p. 216; DICHY e FOUCHÉ, op. cit., p. 340).

10 Para grande surpresa do editor Gaston Gallimard, que questionou Genet em uma carta datada de 19 de janeiro: "Não era a NRF que faria essa edição? Você havia me prometido. Por favor, me tranquilize quanto a isso". Porém, em um contrato assinado em 24 de janeiro de 1952 entre Genet e a NRF, preservado nos arquivos das Éditions Gallimard, está especificado que o autor estava guardando *Le Bagne* para Bernard Grasset, *Héliogabale* para Nagel, *Calypso* (obra da qual nada se sabe) para Horace de Carbuccia e *Morceaux choisis* para as Éditions du Rocher.

11 WHITE, op. cit., p. 216.

12 Ver a biografia de Robert Turcan sobre Heliogábalo: *Héliogabale et le sacre du soleil*. Paris: Albin Michel, 1985.

13 Assim Artaud intitulou seu ensaio, publicado por Denoël e Steele em 1934 (Ver ARTAUD, Antonin. *Héliogabale ou l'anarchiste couronné*. Paris: Gallimard, 1979. [Ed. port.: *Heliogábalo ou o anarquista coroado*. Trad. de Mário Cesariny. Lisboa: Assírio e Alvim, 1991].

14 Ver p. 73: "Está vendo, é assim que se domam os deuses: a gente ri na cara deles. Isso os desconcerta porque eles não sabem rir. Eles se deixam cair do pedestal facilmente. Você toma o lugar deles e se torna deus. Está resolvido."

15 De acordo com o relato "Vie d'Héliogabale" (in *Histoire Auguste*. Org. e trad. de Robert Turcan. Paris: Les Belles Lettres, 1993, III, 5, p. 83).

16 Ver p. 77: "Essa é a frase que os cristãos falam para Jesus uma vez que o aceitaram. Você é meu."

17 Heliogábalo dirigindo-se a Aeginus: "E para conquistar sua amizade profunda, indo além da repulsa que você inicialmente sentiu por mim, tive que lhe apresentar uma imagem minha, verdadeira, aliás, que o enojaria. Na qual você cuspiria. Estou chegando lá, meu querido. Você tem visto essa imagem há algum tempo, mas, se souber resistir a ela, se apesar daquilo que eu lhe apresento de mais abjeto você continuar a me amar, se você não se afastar ao ver meu esterco, se sua amizade conseguir cruzar o cabo do esterco, nós nos amaremos até a danação. Você me amará no túmulo." (p. 68).

18 Ver p. 69: "Eu o obrigaria a cuspir para depois me amar, todo escarrado, vestido de escarro, verde e branco da cabeça aos pés!".

19 Michel Corvin tem razão em observar que "o teatro de Genet é uma espécie de autobiografia reflexiva de natureza filosófica" (CORVIN, Michel. "Introdução", in: GENET, Jean. *Théâtre complet.* Org. Michel Corvin e Albert Dichy. Paris: Gallimard, 2002, p. xix. Coleção Bibliothèque de la Pléiade).

20 Na p. 52, a avó declara: "Um deus do teatro é assustador por causa da máscara de alvaiade e do homem que se esconde nela".

21 "Por trás de cada um de seus carinhos, sinto no peito a ponta de uma agulha", diz a mãe ao filho (p. 64). E ele relembra ao sacerdote: "Como as ilusões são tenazes" (p. 80).

22 Identifica-se aqui o título do ensaio que Jean-Paul Sartre inicialmente concebeu para seu prefácio das obras completas de Genet. Ver SARTRE, Jean-Paul. "Saint Genet, comédien et martyr", in: GENET, Jean. *Œuvres complètes*. Paris: Gallimard, 1952.

23 CORVIN, op. cit., p. xxiv.

24 A saber, as palavras *travailler* [do latim, *tripalium*, instrumento de tortura] ou *charmant* [encantador, enfeitiçador], que Genet usa no sentido estrito da etimologia. Destacam-se também exemplos de arcaísmos na construção da frase, como *avant que te décider* e *avant que d'offrir* [em vez da formulação mais comum, com a

preposição *de*: *avant de*], ou ainda a clássica anteposição do pronome complemento indireto em *Je m'impatientais de ne t'avoir pas auprès de moi* [em vez de *ne pas t'avoir*].

25 Genet reserva para Heliogábalo o quase apanágio de produzir essas nuances metafóricas e hipálages, às vezes de natureza sinestésica: *j'ai été guêtré sévèrement de sacré* [Durante muito tempo, as perneiras do sagrado severamente me ataram (p. 71)]; *Varius Héliogabale avait un jardin de violettes tapissant sa poitrine* [um jardim de violetas atapetava o peito de Varius Heliogábalo (p. 101)]; ou ainda: *Entendre ta bouche de masque de plâtre me condamner à mort* [Ouvir sua boca de máscara de gesso me condenar à morte (p. 127)].

26 Ver CORVIN, op. cit., p. xxix.

27 Segundo os próprios termos empregados por Genet em *Miracle de la rose* [Milagre da rosa], citados por Corvin (ibid., p. xxxiv).

28 Na versão retocada por Genet, que chegou até nós. Segundo o depoimento de Jean Marais (no entanto, mais de cinquenta anos depois de ele a ter lido), a primeira versão continha três atos.

29 *Histoire Auguste*, op. cit., XVII, I.

30 "No palco, a cela será reproduzida em seu tamanho natural: 3,50 × 3,50" (GENET, *Théâtre complet*, op. cit., p. 34).

31 "Deixe-se escorrer, levar pela chuva", aconselha Heliogábalo a Aeginus (p. 78).

32 Ver p. 32: "Os personagens falam entre si a curta distância, devolvendo as réplicas na cara, como se um cuspisse no rosto do outro".

33 Ver WHITE, op. cit., pp. 97, 208 e 309-10.

NOTA SOBRE A EDIÇÃO

1 O arquivo conservou duas capas ("Manuscript // Persée // Jean Genet" e "Trésorerie"), que foram inadvertidamente incluídas na remessa do livreiro. Elas parecem atestar a existência da peça *Persée*, que ainda não foi encontrada.

HELIOGÁBALO: PEÇA EM QUATRO ATOS

1 A grafia do nome varia tanto no manuscrito quanto no datiloscrito; Genet parece ter hesitado quanto à escolha definitiva dessa forma. Às vezes Aeginus, às vezes Aeginius, ou mesmo Aegidius (por erro no datiloscrito), Aeginus acabou se tornando, por fim, a grafia preferida. É a que escolhemos, por coerência.

2 Chamado de "Diácono" [*diacre*] no texto da peça, este personagem é nomeado como "Sacerdote" [*prêtre*] nas rubricas que indicam suas falas. Há também variação no nome do personagem Negro de Heliogábalo, chamado de Escravo no texto. (N. E.)

ATO I

1 Alexandre Severo (208-235), priminho de Heliogábalo.

2 No manuscrito, Jean Genet havia originalmente escrito *infamante* [infame]. Esse detalhe vem da *Histoire Auguste*: "Os sacerdotes sírios previram para ele uma morte violenta" ("Vie d'Héliogabale", XXXIII, 2, in: *Histoire Auguste*, tomo III, 1ª parte. Org. e trad. de Robert Turcan. Paris: Les Belles Lettres, 1993, p. 112). [Tradução nossa nas referências a essa obra. (N. T.).]

3 *Qu'il en saurait mourir de plaisir.* O verbo *saurait* substituiu *pourrait*. Em francês, ambos significam "ser capaz", "estar em condição de".

4 Genet corrigiu a forma interrogativa *Vois-tu* por *Est-ce que tu vois...?*.

5 A palavra *précision* [precisão] foi riscada e substituída por *exactitude* [exatidão].

6 *Histoire Auguste*: "Muitas vezes, seguindo o exemplo de Apicius, ele comia calcanhares de camelo, a crista arrancada de galos vivos e línguas de pavão e rouxinol, sob o pretexto de que esse alimento protegia (assim se dizia) contra a peste" ("Vie d'Héliogabale", XX, 5, op. cit., p. 99).

7 Ibid., VI; Hérodien, in: *Histoire romaine*, V, 14; e Dion Cassius, in: *Histoire romaine*, LXXIX, 9. Heliogábalo mandou raptar Aquília Severa para se casar com ela, mas a união não foi consumada. O abandono de sua esposa aos escravizados é uma criação de Genet.

8 Ele lembra aqui o condutor de circo Cordius, a quem Heliogábalo nomeou prefeito dos vigias ("Vie d'Héliogabale", in: *Histoire Auguste*, op. cit., XII, 1, p. 90; TURCAN, Robert, *Héliogabale et le sacre du soleil*. Paris: Albin Michel, 1985, p. 172).

9 *Histoire Auguste*: "Graças a ele, muitos, cujos dotes físicos o haviam agradado, passaram do palco, do circo ou do anfiteatro para a corte" ("Vie d'Héliogabale", VI, 4, op. cit., p. 85).

10 Julia Maesa, avó de Varius Heliogábalo, nascido da união de Marcellus e Soaemias, espalhou em Roma o boato de que ele era filho natural de Caracalla por causa da semelhança física entre eles. Foi assim que ela mandou que Heliogábalo fosse proclamado imperador. Ver "Vie d'Héliogabale", II, 1-3, op. cit., p. 81; TURCAN, op. cit., p. 68.

11 Antes de *miroirs*, Genet tinha escrito *glaces*, termo que também se traduz como "espelho".

12 Ou "Gibil". Etimologia que segue a apresentada por Antonin Artaud em *Héliogabale ou l'anarchiste couronné* (Paris: Gallimard, 1979, pp. 86-90). [Ed. port.: *Heliogábalo ou o anarquista coroado*. Trad. de Mário Cesariny. Lisboa: Assírio e Alvim, 1991, pp. 89-92.]

13 Um movimento que lembra o ritual dos dervixes rodopiantes, descrito por Genet no Ato III (p. 109).

14 A palavra *temple* [templo] foi riscada.

15 Ver ARTAUD: "Heliogabale, empereur, se conduit en voyou et en libértaire irrévérencieux" (op. cit., p. 113). [Ed. port.: "Heliogábalo Imperador porta-se como um rascão e como um libertário irreverente", op. cit., pp. 116-17.]

16 De acordo com *Histoire Auguste*: "Às vezes, ele demonstrava tanto desprezo pelo Senado que chamava seus membros de 'escravos de toga'" ("Vie d'Héliogabale", XX, 1, op. cit., p. 99).

17 A palavra *mangée* [comido], em referência ao mingau, foi riscada.

18 Genet havia inicialmente escrito *oracle* [oráculo].

19 A expressão à *l'oracle* [com o oráculo] foi riscada.

20 Réplica adicionada posteriormente por Jean Genet.
21 Genet tinha originalmente escrito *novices* [noviços].
22 Frase acrescentada posteriormente pelo autor.

ATO II

1 Inserido posteriormente: *que donne l'approche* [que a aproximação dá, em tradução literal].
2 Antes Genet escreveu *pugilistes* [pugilistas].
3 Entendido no sentido rigoroso de *envoûter* [enfeitiçar] ou *ensorceler* [embruxar].
4 *Sérails* [serralhos] substituiu *hammams* [banhos].
5 Sintagma posteriormente acrescentado ao manuscrito.
6 O verbo *faire* [fazer] foi riscado e substituído pelo verbo *tourner* [tornear].
7 *Mettait* [meter(-se), insinuar(-se)] substituiu *fourrait* [abarrotar(-se), enfiar(-se), rechear].
8 Jean Genet escreveu primeiro *je t'aurais dépassé* [eu o terei ultrapassado].
9 No sentido clássico da palavra, "trabalhar" (do substantivo latino *tripalium*, instrumento de tortura) é "torturar".
10 Inicialmente, Genet tinha escrito *d'amour* [de amor].
11 Heliogábalo gostava de se travestir de mulher ou de Vênus ("Vie d'Héliogabale", v, 4-5, op. cit., p. 84; TURCAN, op. cit., pp. 175 e 210).
12 Lembrando o Evangelho segundo João: "Não fostes vós que me escolhestes, mas fui eu que vos escolhi" (Jo 15,16).
13 Esta oração subordinada foi acrescentada no manuscrito.
14 Genet transforma a realidade histórica, pois Heliogábalo considerou envenenar seu primo Alexandre (TURCAN, op. cit., pp. 225 e 228).

ATO III

1 Esta frase foi adicionada ao manuscrito.

2 Genet escreveu originalmente *courbette* [cumprimento de polidez obsequiosa] em vez de *révérence* [reverência].

3 Esta réplica é citada por François Sentein em seu diário, em 11 de fevereiro de 1943 (*Nouvelles Minutes d'un libertin* (1942-1943). Paris: Le Promeneur, 2000, p. 278).

4 De fato, Macrino (nascido por volta de 164-166 e falecido em 218), chefe da guarda pretoriana sob o reinado de Caracalla, mandou assassiná-lo e se tornou Imperador em 217. Após um complô arquitetado por Julia Maesa, sua avó, para derrubar Macrino, Heliogábalo subiu ao trono, em junho de 218.

5 Julia Maesa era, na verdade, tia de Caracalla.

ATO IV

1 Antes, Genet tinha escrito *seule force* [somente (com) a força].

2 Nesta passagem, Genet pode ter se inspirado no exemplo de Rimbaud, que, no fim de uma vida de aventuras, se tornou um comerciante de armas no Iêmen.

3 No Ato III, a avó havia prometido uma recompensa de dez mil sestércios.

4 Frase acrescentada posteriormente ao manuscrito.

5 Genet havia inicialmente escrito *s'affaisse* [desaba], em vez de *s'accroupit* [se agacha].

6 O acréscimo *qui m'enveloppaient* [que me envolviam] foi feito *a posteriori*.

7 A palavra *nous* [nós] substituiu *toi* [você].

8 Inicialmente, Genet havia escrito *sortir* [sair], em vez de *sauter* [pular].

9 Acréscimo posterior dessas duas palavras ao manuscrito.

10 Inicialmente, Genet havia escrito *voulais* [queria], em vez de *vais* [vou].

11 Inicialmente, Genet havia escrito *Mais tu* [Mas você], em vez de apenas *Tu* [você].

12 Inicialmente, Genet havia escrito *il y a*, em vez de *depuis* [faz (alguns minutos)].

13 De acordo com a *Histoire Auguste*, foi uma conspiração dos pretorianos que parece ter vencido Heliogábalo, em 11 de março de 222, no campo de Viminal, e não no Palácio: "Depois disso, eles atacaram o Imperador, que foi morto em uma latrina onde havia se refugiado. Seu corpo foi então arrastado pela rua e, para vilipendiar ainda mais o cadáver, os soldados o jogaram no esgoto" ("Vie d'Héliogabale", XVII, I, e XXXIII, 7, op. cit., p. 96).

14 Genet escreveu *tiré* [arrastado (pelos pés)] na primeira versão, depois opta por *sorti*.

Dados Internacionais de Catalogação na Publicação (CIP)
(Câmara Brasileira do Livro, SP, Brasil)

Genet, Jean, 1910-1986
Heliogábalo: peça em quatro atos / Jean Genet; tradução Régis Mikail, Renato Forin Jr.; prefácio François Rouget. — 1. ed. — São Paulo: Ercolano, 2025.

Título original: *Héliogabale: Drame en quatre actes.*

ISBN 978-65-85960-37-3

1. Teatro francês I. Rouget, François. II. Título

25-285028 CDD-842

Índices para catálogo sistemático:
1. Teatro francês 842
Aline Graziele Benitez - Bibliotecária - CRB-1/3129

CB080954

ERCOLANO

Editora Ercolano Ltda.
www.ercolano.com.br
Instagram: @ercolanoeditora
Facebook: @Ercolanoeditora

Este livro foi editado em 2025 na cidade de São Paulo pela Editora Ercolano, com as famílias tipográficas Bradford LL e Wremena e impresso em papel Pólen Bold 70 g/m² na Gráfica Ipsis.